310

上海异人故事

王莫之 著

上海文艺出版社
Shanghai Literature & Art Publishing House

310

CONTENTS

目　录

安顺老伯

我们是在阿里旺旺上确认了老伯伯的往生。老板公布其父的病故，唯一的积极意义是平复客户的发货催促。一个月前，这招有过不错的疗效。当时他把父亲住院的消息挂上签名栏，外地的旧雨新知只好隐忍。

北京奥运那年，老板终于在安顺路凯旋路口搞定铺面，开了这家唱片店。他起初卖 CD，因为这行饭他吃了快十年，在大二就赚足了四年学费，大学毕业后没上过一天班，引以为傲的是没卖过一张盗版。后来生意难做了，别人改行不影响他的坚持。也是缘分，他涉足黑胶，反正都是帮日本二手唱片店清理库存，试试看，没想到一路凯旋，于是专攻黑胶，转眼送走了“2012”。

二〇一三年没有老板设想的那么安顺。年初，久居美国的母亲加大了催促的功率，一通通电话招魂一样，盼他早定行程，去纽约发展。也只有这些电话能让他静下来。我们蹲在旁边挑碟，空气里若无电脑游戏狂躁的背景声，而他接电话的声调还是熨平的，那必定是他母亲又逼上门来了。那时老板的生意还很红火。客人打款到支付宝，一个月后能见着发货通知的都烧过高香。这些客户，黑胶新手居多，觊觎整箱八十张品种无重复的两三百元低价，有捡漏的幻觉。欧美艺人最紧俏，大碟等于瑞金医院的特需专家，单曲好比普通专家，唯独日本音乐（几百箱的囤积，堆没到小房间的天花板）亲民，当日挂号隔天发货。快递选配，发货流程，售后事宜，老板把种种不平等条款打上店铺的主页，红字加粗，语气蛮横，可即便如此，每天电脑一开，叮咚叮咚吵得他心烦。

渐渐地，母亲运作移民的苦辛成了瞎起劲。他当然没这样挑明，只是一拖二延三沉默的腔势，伤人心。她甚至连工作都打点好了——到布鲁克林的物流公司开卡车，月薪四千美金。“我去年光光淘宝收入就有毛三十万，你讲讲看，是去纽约当瘪三，还是来上海当老板。”老板冷冷地问我们。于是，当父亲的就愈加郁闷了，有事没事嘀咕：

“签证办了多少年啊，办下来多少不容易，现在倒好，讲不去就不去了。”

父亲的郁闷还在理财学上找到支持。安顺路的门面房子，多吃香。隔壁房产中介三日两头跑过来搭讪，巴不得老头子能劝走儿子。我们也算过一笔账。出租现有的店面，搬到偏郊的社区，一进一出，每年起码多赚六万。更极端一点，学这个行业里的外地同行，落户跳蚤市场，收益更可观。老板当然也动过贪念。叶家宅路的事久市场，虬江路的电子数码商厦，襄阳南路的现代电子城，可选的余地并不大。况且，他早先在大自鸣钟做过，对那伙人的厌薄与生俱来，即便过敏症状可缓解，朝九晚五的工时也会叫他崩溃。这些年我们在安顺路淘碟，最早的经验是下午两点。常是午休偷闲，我们拨电话，打探今天给不给看新货，可老板刚从梦乡惊醒；总是日落黄昏，我们对着透明的玻璃门站禅，上面贴的营业时间是 17:00—22:00。沿街铺面还有一大方便，装卸货物更自由，加之安顺路毗邻虹桥，招惹老外。外国客户在老板的门面生意里比重不小，贡献却有限。“最好的客户跟最戆的客户都是中国人，”老板有过总结，“老外就是差差过，只有一两个是大户。”即便如此，老外就是老外，陪聊伴笑，若是买到积重难返，老板会发动他的路虎，送一段。我们并非这种一单破千的大户，也很少消费古典爵士这些高价盘，好在勤快，一周光顾两三回，单人一年也能开销两万多。说起来，线上线下把鸡零狗碎的也兜进，上海好歹有一帮人在做二手黑胶，但有实体店还够吨位的不过三家，安顺路是最体面的。这份体面在这个褪色的行业里硕果仅存，老板享受它呵护它，提到三观的高度：

“可能吗！哦，你有三套房子，最好的不住，住到蹩脚的落乡地方去，有啥意思！”

他父亲看得更深：

“他就欢喜这种感觉，所有人统统围牢他，叫他老板。”

问题是，在我们看来他这个老板当得就像瘪三。体力活，高强度的体力活是他每天的课题。一吨黑胶四十箱，拆箱时张张校对，装箱时精心调配，都是他在忙。他先是把胶体彩色的彩胶分捡出来，再将单曲 EP 大碟日本这四块分门类聚，欧美单曲再按封套颜色细分"彩皮"和"黑白皮"，"黑白皮"裹了塑封还得帮它减负（一来省运费，二来塑封可以当废塑料卖）。有些唱片盘基薄，抽插不当比刀还厉害，因此他上工必戴纱布手套，一双新的撑不了几日，不然搞脏封套才叫损失。整个流程让人想起外地人卖甘蔗汁的流动摊车，看他分拣唱片，仿佛是在碾榨甘蔗，直到它流尽最后一滴。所以，生意越好日子越苦。多少次，我们推门发现老板披头散发还在忙打包，封箱带又换一卷。他以为收件员来了，抱怨活太多快递太积极，回头见是我们，改口道：

"来啦！今天少看几箱哦，昨天一点货我忙到凌晨两点钟才理清爽。"

他累成这样，完全有理由雇小工，但一次次的努力都跌倒在他爸那里。

我们最早来安顺路就觉得滑稽：如此挺括精神的唱片店，怎么请个老年人来帮工。"老头子，你的矮凳让给他们坐。"而老板的颐指气使，又让人不敢推断，蹲坐在门口抽烟的是他的亲生父亲。出于客气，我们叫他"老伯伯"。

老伯伯抵制雇工的道理极简单：他退休在家，什么事不能干？如果说能省则省是他的生存哲学，那么节俭就是他做人的乐趣——这点倒和老板的网上客户有得一拼。他买菜光是纠结价钱而忽略味觉，残菜败肉，关键在于吃的人是何心理。他开火仓，饭桌就是市场和天气的晴雨表，什么便宜吃什么，也不讲究烹饪。我们见老板三餐老是喊外卖，难免唠叨几句，可是听他回忆童年，仿佛看恐怖片，赶紧捂嘴。

好在忙乱不是一天造成的。起先，老伯伯就是跟在顾客后面，搬箱倒柜，整饬他们挑完之后的狼狈。当几次清道夫，包个把快递，看电视抽烟，这就是他的一天。可是，后来工作量激增，不是加法，而是乘法，他就吃不消了。父子合力还是缺人手。赚钱赚到举步维艰，本就贫瘠的社交干脆取消。老板一面憧憬小工，一面宽慰自己：

“不过就算请了人，我还是要自己过一遍，这种工作不懂货怎么做得来？”

他担心招来外行比他爸还笨，更惧怕内行的私贩，就屈服了，父子关系却愈加恶化。理货发货的烦躁仿佛一座山的干草，稍许火气就会燃烧。老伯伯是教师出身，上世纪八十年代末下海，干油漆买卖，蹬三轮跑单。他苦了大半辈子，手脚已跟不上指令，常帮倒忙。老板讲他两句，就会听到花式繁多的推诿或抵赖，结局是无休无果的争吵。老伯伯原指望儿子签证办成，自己能解套，现在梦醒时分，争吵也多了底气。他们吵起来比电视调解节目里的人更凶残，当着我们的面相互揭短。一个揶揄他只会往油漆里掺水，一个嘲笑他做生意买房的本钱都是他借的。有些事情也确实令人发噱。好比讲，杨浦一家广告公司订了几张黑胶拍片急用，催老板发当天件，老伯伯因为老年卡乘车免费，想赚快递钱，结果送件延误，吃了差评。凡此种种，我们听多了却觉得老伯伯可亲。偌大的申城，已经不适应这样纯粹的本帮小市民了。新一代的小市民缺乏城市认同感，精刮而懒，毫无生趣。

我们和老伯伯的对话大概就是那时频密了起来。老板若是不在，话题开放得好似我们在挖隐私，实际我们是听众，是诉苦对象。老伯伯的父亲还健在，这位百岁寿星也是多个下午的主角。“老早是大学教授，教英文。”讲起老爹，老伯伯并没有太多的骄傲，特定年代，父亲连累自己吃的暗亏也是匆匆扫过。他需要一根接一根的烟释放足够的迷雾，让他回到童年。他欢喜谈那段时间，谈吃喝谈享乐。无非是沈大成的菜包，凯司令的鲜奶蛋糕，家里那台电唱机的喇叭像狮子的爆炸头。他讲起老爹的唱片瘾：

“买了多多少少唱片呀！老早的唱片都是七十八转，又重又脆，比后头‘文革’时候的薄膜片子上档次多了。”

说完，他兜进暗室，捧出一叠收藏。外封蜡黄，没碰都像碎了。十之八九是去年那批“虫胶”。新世代的唱机基本只有三十三和四十五两种转速，差不动这些老兵，我们当时建议老板挂上网卖的，原来进了有心人的库房。就算是怀旧吧。他扣下老板的一台仿古样机，放这些“虫胶”，声音一塌糊涂，他倒蛮享受。

我们最近也在怀旧。可就是想不起来，是什么让老伯伯开口讲起他的婚姻。我们没有刻意打听。这有违我们的初衷。我们的目的是缓和父子间以暴制暴的情绪，改善购物环境。所以才学老娘舅，为双方唱颂歌戴红星。思来想去，大概是那次夸他当过数学老师吧。当时，我们坐在板凳上，一面翻碟，一面敬仰：

“我们只晓得你老早卖过油漆，想不到你还当过老师啊。”

老伯伯来劲了，点起一支烟，回忆昔日的课程，学生如何顽劣，同事差强人意，自己在代数教学上的造诣。听他的介绍，基本可以断定他在学校里人缘够戗。不过，他的婚事却是同事促成的。“穷瘪三臭老九，谁肯嫁给你？”当时已是大龄未婚的他其实对相亲不抱希望。那一位呢，家里成分更糟。她的父亲是资本家，与年级里的领导有过从。领导本着试试看的心态牵条线，没想到双方见面也没互相嫌贬。“没什么好也没什么不好！”老伯伯回家和老爹递话，最后说到她家住在常德路，很漂亮的一套老洋房。

这婚就算结了。

婚姻生活照亮了穷瘪三的腔调、大小姐的脾气。老板出生后，家里一百样事情通通丢给男方。老伯伯不干了。我们只晓得她后来随父母移民美国，老板留在上海全靠老伯伯养大。他的弃文经商，往油漆里掺水，应该就发生在这层背景下。至于离婚与否，没人过问，他们也从未提及。

私底下，老伯伯不仅善言，还懂得欣赏儿子。老板在经商上的天赋——拿黑胶唱片做挂钟，把彩胶理出来卖高价——当然归结为遗传。前年起，他拿下某国产黑胶唱机在华东区的总经销。他的优势是唱片唱机软硬双修，打包抬轿，于是，订单远赴新疆西藏内蒙古。他由此生了自创品牌的念想。“现在那些国产的唱机基本上都是空麻袋背米，你以为他们有生产线啊，狗屁，全部都是代工再贴牌。”他以五百元的入门款为例，零售一台他赚一百，品牌赚两百，高下立判。老板觉得上海人创业就该洋气——“名字也想好了，叫‘俄耳甫斯’，英文是 Orpheus。”——还为自己的意大利品牌编了一串比乐符更动听的缘起。“在翡冷翠长大的小男孩，从小就喜欢音乐，”老板难得开国语戏谑，“但是家境实在贫寒，所以只好在城里的唱片行、音响店浪荡，趁别人试音的时候听霸王餐。他立志长大后要当一名音响师，打造理想的器材——”说到这，说书人咯咯乱笑，提前庆功。

“怎么可能这么便当！”老伯伯这冷水一浇，父子俩接着对咬。他看不惯他在外人面前不给自己面子，他见不得他在客户面前夸耀，这样会给他们留下坏印象，这家唱片店会一直开下去。他只有使手段倒撬边。于是，但凡老板因故外出，老伯伯就打烊拒客，营业时间亦如此。“店要关了，老板马上要出国了。”这是最常见的一招。还有一手留给我们这些熟客：“今天不回来了。”他受不了黑胶的霉味，把自己关在店外，对着马路抽烟。我们若是纠缠，他就编辑诸多缘由，建议下次联络好了再来。

偶尔，我们也会思忖：老板真去美国了，对他有什么好处？一个人孤苦伶仃守在上海，拌嘴掐架都没方向，往后谁来服侍？他的老爹有那么多小孩照样摊上养老难，亏得有套房子，子女不放心，轮流照顾。他呢？难道真就如他所言，卖掉安顺路，住到松江去。他在九亭有一套小两室，总夸那里空气好，心心念念想去养老。

所有郁结，今天有些能解通，有些仍旧称奇。

局面后来失控得突然。老板的货源在日本，二手唱片店的库存，回收处理到广州沿海乡镇的料厂，道道过滤，最后派分过来。二〇一二年货源断了，举国碟荒。起初，他觉得这是上天在帮他巩固地盘。他盘算囤在九亭的几吨货，加上安顺路的库存，预计能撑到二〇一四年春节。对手的弹尽粮绝，在生意人眼里永远比自己的丰衣足食更销魂。顾客不管这些，饿狼一般扑向老板的阿里旺旺，情况却丝毫没有好转的迹象。他有点慌了。新货以前是三天开一批，一批八箱，现在八天动不了一次，一次四箱。价格也有调整，和当时连绵的酷暑一样让人不想出门。多少个夜晚，我们蜗在家里刷 Amazon 和 Juno，阿里旺旺上聊天，老板很少搭我们的腔，感觉上，他在忙一件大事。等我们被知会，老伯伯已经进了医院。

回忆最后一次与老伯伯的会面，真正没什么新鲜。当日他一如既往地蹲在门口，要说难忘，就是牢骚多了一点，胃口不错。他吃完第二根盐水棒冰，还是抱怨热。我们没啥收获，出门道别也是老桥段：

“再会噢，老伯伯。”

“噢！再会。”

我们可以在各自的想象中，在回程的闲聊中，在联络的电话中为老板辩护。我们觉得他和父亲的情感远比我们与闻的复杂，但是，当这份感情赤裸裸地展现在我们面前，谁又能够预见呢？

三周后的礼拜六，老板叫我们五点到店里，说有新货。刚巧那天家淳有事。他先要去接好友嘉杰，帮他运一架手工拼制的木马。那是嘉杰给儿子订的玩具。嘉杰面子大，还惊动了禁淘多年的胖兄。大家难得碰头，约好了，先淘碟后聚餐。我们停好车，发觉店门没开，便联系老板。他和车子堵在五角场的高架上。说是这样说，经验告诉我们，有得好等了。一行人于是进了附近的茶餐厅。点完饮料，四个人围着手机欣赏嘉杰儿子骑木马的视频。餐厅一角的电视正在播送“黑色星期五”美国人抢购超市的新闻。说是抢购，抢劫也不过如此。我们想起当年的大自鸣钟，周六早上抢开头箱的盛况，碟在飞，血在流，与新闻里的混乱相比，仅仅少了警察拘捕的镜头。大家当时还是学生，过早感受了社会的残酷，可是谈笑各自的碟友生涯，无不觉得那是最最美好的时候。

“我帮家淳两人老早礼拜六可以兜一天的片子。”嘉杰讲起当年的淘碟地图，一个个已经消失的据点，覆盖大半个市区。自从叶家宅的颓败，他就基本不淘碟了，和胖兄一样转战海购，在英美日德的网络唱片店留下了上海人的腔调。两人还有一点交集是不碰黑胶，所以去安顺路赴的都是处子秀。

六点敲过，老板音信全无，我们决定先过去，如果不在就必须改期。毕竟嘉杰还要回家带小孩，聚餐不能太晚，尽管大家都有一肚子的话要讲。好在店里亮着灯。隔着沉沉的雾霾能望见老板的魁梧身量，弓背埋头，像是在打包。我们兴奋地推门，刚想说今天介绍两个大户给你认识，却听见呜咽的哭腔，发自那个颤抖的大身体。

封箱后来是嘉杰代工，胖兄帮忙填快递单，收件的见了这阵势也懵了。我们围着老板安慰他，了解老伯伯的情况，手里捏了多少餐巾纸，鼻涕眼泪还是来不及擦。原来人已经进了ICU重症监护，医生的意思，左右就是这几天的事情。

我们需要大量的破折号和省略号来还原当时的语境——他的哀恸，他的悔恨。这对我们对读者都将是莫大的折磨。最好的证明就是那顿变了味的聚餐，还有某天夜里做的梦。事后，我们甚至害怕去安顺路，拒绝上阿里旺旺，只是为了逃避记忆。所以我们无法给出老伯伯的具体忌日。但可以肯定的是，老板的母亲在这期间回了上海。

圣诞前夕，老板的一通电话把我们召回陌生的过去。他强调这将是库存的最后几箱，希望我们周日过来。老板比我们想的要豁达。他母亲也没有老伯伯说的那么凶悍，她的淳朴着装更吸引眼球，完全看不出纽约长岛人士的风采，倒像是刚从长兴岛过来的。我们也不好意思打听，光顾着聊外面的动态：现代电子城关了，刀疤眉有十多箱黑胶打算出手；叶家宅到了一批日版中古CD，据说海关开了。

“是开了，来了五百吨CD。”老板说他的线人摸半天一张黑胶都没有。这也加剧了老板对未来的悲观。他怀疑往后即使到了黑胶，下面的饥饿也足以一口吞掉，一根骨头都不剩。事实也正是如此。熬过了几个月的空白，老板下了决心去美国。临行之前，他请我们吃了一顿饭。又是一次不堪回首的聚餐，唯一的积极意义是给我们留了一张合影。老板的几处房产和车子处理得很妥帖。我们也是舍不得，家淳就提出想送他一程。

送别的那天艳阳高照。在奔赴浦东机场的高速公路上，汽车音响放的是《Oil On Canvas》的 CD。Japan 的这套现场专辑，初版黑胶是非常挺括的双碟 Gatefold，我们在安顺路有印象的第一张尖货；有趣的是，最后一张尖货是 Mick Karn 的《Dreams Of Reason Produce Monsters》，Japan 的这位传奇乐手此后还发过一些专辑，但是只出 CD 版。Mick Karn 过世已经三年半了。

看着老板拖着行李的影子越拉越长，我和家淳只是缄默，因为彼此都很清楚，我们并肩作战的机会不多了。

逝者善舞

刀师傅姓万，全世界只剩我还叫他刀师傅。本来还有G，创造这个名字的G。那天，我们前脚离开营业厅，刀师傅的名片就进了垃圾桶。故事本该到此为止，因为隔天我们就把黄牛啊、优惠啊、误会啊统统忘记了。

我有点想念那张名片。非常奔放的一个“万”字，G就有这个本事，能把那一弯拗直。“哦，刀师傅。”G的语调是如此平静，似乎深谙周柏春的冷面滑稽，冷得刀师傅退后一步：“刀，斩一刀——我不斩人的……”他的反应是如此强烈，加上G那副无辜模样，把我笑得整个人都弯了。这在G也不是什么新鲜事，我的生活为此增色。我始终分不清，G的那些奇思妙想是故意搞笑呢，还是无意识的呆萌，譬如几分钟以前，G问他贵姓，问得那么恳切，俨然交易已成。于是，他从上衣摸出一叠名片，一张，一张，翻——都是别人的。柜台上碰巧有支圆珠笔，他抄起来，在名片的右上角书写，整个过程，一声不吭。那是七年前的秋季，周六的午后非常适意，我陪G去营业厅充值。当时的手机还很弱智，我的摩托罗拉用了三年，G的是诺基亚E65。G正在考虑换“苹果”，换之前多选选是G的风格。我们的漂游引来了一个中年人，戴粗框板材眼镜，着装体面。

“看中哪个?”他荡到柜台外沿，问。

“随便看看。”

听我们开上海话，他换了一副腔调，精简地介绍了几款套餐，主推的是充六百块话费，送个国货手机。我们多少有点不习惯，习惯性地到处望望（没宣传海报），看看他的前胸（没工号名牌）。既然他不是“南东姐妹”一类的模范服务员，那只能说明运营商的服务有提高。他确实为顾客着想，检举手机的性能一般，还说看不上可以两百块卖给他：“等于是充六百送两百。”随后他指挥柜台里的姑娘，胸前有名牌的，拿个样机给我们。世博以后，我和刀师傅机缘巧合又碰头了，几趟交道打下来，交了朋友，我问起这段，他讲：“我帮他们拉业绩，皆大欢喜。”

再碰头还是秋天，刀师傅明显见老，或许是因为舞台换了（路灯的昏黄不比店堂的柔光滋养人），打扮相当随便，连板材眼镜也没了。如果不是那个壳子，那个动作，我绝对认不出他。

哮喘患者对气雾剂不会陌生：L型的喷枪，装在纸壳子里，毛病重了，含着喷。刀师傅比较特别，他是喷进壳子里闻。作为一个老哮喘，这种腔调自有科学依据，他不多讲，而是像某些欢喜备一瓶风油精在身边的老浜瓜，时不时地，拿出来嗅嗅。

“刀师傅！是你啊?”

在市政府向大剧院过渡的绿化带，一个倒票的黄牛被一个陌生人这样问，他是多么需要绿化里的卫兵帮忙呀。于是，他用审查的眼神招待我，听我解释，手里的壳子来不及放回去。

刀师傅从小就有哮喘。随着年纪的增长，主要是五十岁以后，他跟哮喘的情谊得到升华，稍微上点运动量，比如多走几步，多讲几句，就来了。喷枪跟壳子，好比他跟他的老婆，长期分居。基本上，壳子在上衣口袋，方便拿，喷枪在内侧袋，防止落脱。“只老鬼三!”不管喷枪或者壳子，他都亲切地叫：“只老鬼三!”在上海话的语境里，“老鬼三”一词拥有极丰盈的意象，它是一种无解的代指，拯救那些迷幻微妙、不上台面的情感表达，开心的、痛苦的。与刀师傅的重逢就有那么点意思。初次见面，我和G处于感情的蜜月期，再见面，两个人刚分手不久。我的手上也有两只老鬼三。两张 Perahia 钢琴独奏会的票子引来刀师傅。票子是三个月前买的，提前买票通常两个目的：一，抢低价票；二，坐好位置。我的情况介于两者之间，订的座位贴着舞台，不过有点偏，对于器乐独奏的音乐会来说，性价比一只鼎。这点门道，黄牛听不进去。他们收票子，就两点心思：一，劝你出票；二，拼命杀价。原本，我一张也没打算出，等我意识到，这是在跟刀师傅打交道啊，就改了主意。我钓着他聊了几分钟，他盯着两张票子，向不知在哪的G表达了兴致：

“你阿弟?”

“没，是我男朋友。”

他“啊”的一声。我就再露骨点：“不过已经分手了。刀师傅，你最近看到过他吗?”他完全糊涂了，确切地讲，处于脑瘫的边缘。我想他一晚上受了那么多刺激，就满足了他先前的报价，对折让给他一张票。他花了一分钟恢复本性，追我的背影：“喂，朋友，还有一张卖卖脱算来，”喘气，“又不是郎朗李云迪，有啥看头?”

连票好卖，单张难出手，这是黄牛收票的口头语，即便能谈拢，也是一副吃亏相：“让我钓钓看。”单独看演出的人也确实是少。在上海，女性是文艺演出的消费主力——小姐妹联谊，姑娘拖拉男朋友，女儿带爷娘开洋荤……我看过一篇文章，一个闯荡上海十多年的台湾剧场人，分享他的观察。他对男性观众的评价是：“如果是两个人，多半是 gay，如果是一个人，基本上是同行来刺探情报。”

我完全不担心那张票会烂在刀师傅手里。它不是高价票，高价票难消化，而且不像其他票价能玩花样。最常见的花样是用标签把价格贴掉。这个椭圆的覆盖物诞生于后世博，泛着镭射的光束。当票券的标价被强制消失，它的实际价值就变成黄牛表演的近景魔术。观众只能凭座位的区域排次与经验做出判断。这种互动的可怜在于价格和座次的关系图仿佛中国的股市。会主动寄希望于黄牛的人都贪小，于是，被斩就成了归宿。

一切正常。那张标价380的票子会在刀师傅的嘴里先涨后跌，成交价超过400。我坐在“舒蔡记”的长凳上，对那个倒霉的洋葱头毫无同情，我来劲的只有这个人的性别跟长相。G欢喜“舒蔡记”，欢喜此地的腔调胜过作为招牌的菜饭或生煎。此地有七八十年代上海的味道，难得的是，负责招魂的不是食物，而是餐具、店招、环境等等细节——搪瓷碗碟、油得可以炒菜的台面、摇摇晃晃的吊扇。

怎么理解G的怀旧呢？喜新不厌旧？我曾经也这样理解，或许吧，G的留恋只为稀有资源盛开。一想到这，一想到自己孤零零来听音乐会，各种情绪就轮番折磨我。G的座位现在被一个老阿姨霸占。她应该是钢琴家的粉丝，从第二首曲子起，一张CD就在LV皮包与她的双手之间挣扎。她还具备一定的剧场道德，所以把CD当炸弹拆。

好不容易，等来了中场休息。我逃到G最爱的神秘角落（身后是男厕所，楼下能看见艺术家特供的休息室），吃最后一包榴莲干。分手后的第一个礼拜天，我收到G发的快递，是一大包榴莲干，拆开有七份独立包装。太残酷了——还记得我们刚认识的时候，G从扬州回来，带给我一盒潮糕——难道，G对我的留恋就此干枯？第二天，我想通了，以一天一包的速度消灭无谓的思念。整个过程，我发觉一个状况：每包榴莲干分量差不多，里面的块状物大小差好多，但每包都是七块，包括我刚刚解决的这包。我想当然地认为G是知情的，故意用这种文艺青年的方式超度我们的爱情。这一发现让我难以自禁地冲进厕所，继而影响我在下半场的表现。我变得焦躁、不安、哀伤，与我有相似状况的是右首的一位男士。他一直在刷微博、通短信，接收交流某场英超的动态，一面应对旁边女友的鄙视。好几次，我产生了一种幻觉，身体失控地往右边靠。每到周末，G 也有看英超的习惯。那一夜，G 应该很高兴，自己钟爱的曼城队在德比中八面威风。我们刚认识的时候，G 是切尔西的球迷，有一趟，我们去酒吧看球，G 还穿着队长特里的球衣。

回顾我们在一起的三年半，仿佛踢了一个赛季的英超。一上手，贴身逼抢，攻防快速转换，充满了身体对抗，逢年过节肯定加班加量；半程一过，体力不支，伤病不断，纯靠意志品质撑；收官阶段，两极分化，争冠的保级的忙死忙活，排在当中的就等终场哨响。G 是何时开始磨洋工的？我不敢猜。反正 G 自从换了 iPhone 4，通话就疙疙瘩瘩了，就像现在我要克服的石阶，一格一隔。它们把大剧院抬高了十多米，两头是检票关卡。演出结束，迎接观众的是忽冷忽热、方向变幻的自然风、人来风，以及小提琴的呜咽。永远佩戴墨镜，面向大剧院的这位大叔，就《星语星愿》《My Heart Will Go On》两首曲目。经年累月，他卖艺的名义还是病重的妻子。

“朋友。”我被背脊上的手指点醒了，转身看见刀师傅在笑：“朋友，下趟票子多记得找我。”我看他掏口袋，是发名片的节奏，就有点纠结。结果他掏出一只手机，反问我要号码，说打给我。

就在这时，上帝又展现了他调皮的一面。E65，刀师傅用的是诺基亚 E65。这一事故直接导致了后来的夜宵。

刀师傅的手机是进口货，儿子淘汰下来的。他的宝贝儿子在澳洲读书。一个黄牛能把儿子送出国留学，看来这行油水可以。他当然是否认，说是开厂的弟弟促成的，费用赞助了大头。“等他回来，年薪起码三十万。”刀师傅说儿子读的是机械工程，热门专业，市场上不要太吃香哦。起初，刀师傅并不急于招他回来，希望他在澳洲扎根，就像那些在上海的外地人，混得山青水绿，再接自己过去享福。于是，儿子也就孝顺地守在澳洲，从二〇〇三年大专两年级休学踏上飞机，迄今一张文凭没考出来。回来过两趟，讨债一样，要继续读下去。现实是刀师傅和弟弟的关系搞僵了，赞助锐减，他觉得儿子讲得也不是没道理，既然读了，索性研究生一道读出来，好比股票套牢，舍不得割肉，那就补仓吧。

我和刀师傅坐在顶特勒粥面馆的两楼，话题在他儿子与我之间漂移。两个陌生人为了一己私欲，可以面对面吃面，又因为相互的生活圈子没交集，所以闲话瞎讲。他那么坦诚，或许还因为我的工作、家庭，让他想起儿子，想起他的未来。

我在一家中德日三资控股的汽车部件厂就职。这是我的第一份工作，从一九九七年做到现在。那年夏天，统共有七名大学生进厂，我和老李是没跳槽的少数派。老李目前统领研发部，而我在离总厂一个起步费远的分厂，是质保部检验科的科长。分厂就四个人，占供应商的便宜，在人家地盘搞的内飞地。天高皇帝远，在这里，我们贵为甲方。有几间实验室，几百平方的仓库主要堆放各地售后退到上海的压缩机。日常，分厂与总厂只有现代通讯往来，除非上峰有指示，才搭送货的卡车，去报到。每天，我们的工作就是拆装分析问题压缩机，按照故障的种类分归，填写报表。所以，对任何有野心的员工来讲，被分配到此地，变相是一种流放。

这是我的选择，没人理解，比我的单身还奇怪。渐渐地，厂里想当我红娘的人歇脚了。有一阶段，他们比我父母有紧迫感。亏得我有一个哥哥，养了一对儿女，碰巧也在澳洲，让我在家里呼吸着正常气压的空气。近些年，中国流行雾霾，父母借着探亲带小孩，寒冬去澳洲过。一年有两个夏天，人也滋润了，身体好，到处旅游，懒得寻我麻烦。也是因为我买房比较早。我从二十七岁起搬到梅陇，上班方便。两间卧室，大的被老娘封为婚房，不给人睡，现在堆满了唱片。

G很少来梅陇，更谈不上过夜。G在巨鹿路借了一套老房子，那种黄梅天有白蚂蚁在头上盘的老洋房。在G这里，它们不像在别处受到世俗的反感，还被认为是在制造浪漫。它们不怕生，几乎不盯人，停在你的皮肤上，翅膀收敛，微微颤动。每到这个节气，你就觉得除了爱情，世界上没啥值得我们去做。还需要一点音乐。G欢喜黑胶唱片，尤其是四十五转的单曲，这就给我们的运动带来了麻烦。基本上，每过五六分钟，冲进死区的唱针就会裁判上身，用嚓嚓噪音叫停比赛。配乐主要是麻醉官能，适用范围包括邻居。老房子蹩脚的隔音磨练了我们的DJ功力，因为太轻太响都可能叫我们的房门遭受空袭。配乐也有副作用，以奥运精神的劳苦，降解享乐的纯度。今日，你做了五张黑胶，明日，想要冲击六张，不然，真对不起坚持在灯下的热心小观众。

我当然不会跟刀师傅讲这些。我们还没熟到那个程度。我啰嗦的尽是一段爱情无疾而终的困惑。我甚至不明白自己错在哪里，也没有任何明确的句号，除了那包榴莲干，G就这样荒诞地消失了。我干吗啰嗦这些呢？真是奇怪，当刀师傅坐在我对面，当我扫到他头上的老上海照片，时空扭曲了，仿佛正在倒带。

第一次和G吃夜宵也是这张台子。我们点完单，低头上到二楼。坐定之后，G神秘兮兮地送给我一份礼物。是《飞侠阿达》的电影原声，全新的台版卡带。“日本人做的。”G说。那年，台湾自由行还在议程，G是公差，顺便逛了碟市，淘到这盘初中生年纪的珠玑。我一边听G描绘渲染台北的二手唱片市场，一边拆塑封，内页很漂亮，印了导演赖声川的导听文章。我被开篇这段迷住了：

> “第一次看到板桥文夫是在香港的Jazz Club。那时正在剪《暗恋桃花源》，苦于寻找合适的作曲，摄影师杜可风兴奋地打了一个长途电话来说：听到（背景）没有？有了……”

日后，这盘卡带被我听了一百多次。听卷式磁带有个问题，其他音乐载体难以想象。磁带是有记忆的，上次听到哪里，卷轴就以它独有的方式提醒你。比如我很喜欢《别问我是谁》，这张专辑的 B 面对我的耳朵是个灾难，所以通常 A 面听完就入盒归位，等到下次再想发出“请与我面对”的祈求，摆在眼前的捷径，除了野蛮的倒带，就是粗暴的快进。同样是模拟声，黑胶就自由多了，唱针高手可以像操控 Mp3 一样随意点歌，甚至精确到某一段。

这不是我疏远黑胶的原因，我不收黑胶和过敏性体质有关。工作日的机油味已经够受的了，没精力对付二手黑胶的灰垢与刺鼻。好在 G 的黑胶收藏只是我家 CD、卡带数量的零头，不影响我的巨鹿路生涯用积极向上概括，请罗纳尔多代言。算了，我还是认命吧。再伟大的球场传奇也是用来缅怀的。跟刀师傅聊天有助于我廓清现实。人嘛，快进是第一位的。在黄牛党，就是初一收十五的票，这是打桩模子的党章。刀师傅属于特别拼特别应该被点赞的一类。这类人没主场的概念，追着演出打游击。主要是些外地黄牛。最早，他们在“万体馆”“八万人”活络，后来有了“东艺”，因为远，本地黄牛懒得跑，就变成他们的根据地。“冬天冷死，天热热死，又远。”连巴结的刀师傅都怕“东艺”。这种户籍语言的绝对一边倒，只有世博以前的“话艺”可以别别苗头。那时，去安福路看话剧还是小资的小众的，戏也不多。后台（门一开就是男厕所）通常比舞台精彩，在艺术上，门口又上了一层。肢体剧、论坛戏剧、环境戏剧，各种无聊新名词，各种思潮，我最早是通过观察“话艺”门口的黄牛而有了一点切实体会。“民族的就是世界的”，这句废话在他们就像一身刺青。他们操着绿色有机无污染的上海话，处于自娱自乐、自生自灭的间离状态。你觉得他们是在打牌下棋吹牛吧，可只要一靠近，他们就会冷不丁地跳出来：“票子有吗？”或者“票子要吗？”这大概就是那个德国共产党员追求的剧场美学吧。

多数情况，靠演出吃这口饭的，本地人做不过外地人。四十岁是一道分水岭，就像身份证的头三个数字。“310”开头的，多数四十岁朝上，99.9％是男的；其他数字开头的，多数四十岁不到，女人也并不稀奇。外地黄牛贪了年轻的便宜，倒不在于他们手脚勤，嘴巴快，而是脑子新。多少票务网站，多少演出公司，收票子要收到他们寻上门，才叫挺括。月饼票经济就是这个道理，要里应外合。这都是后来刀师傅教我的。一年之后，我还保持着每月看几场演出的习惯，具体到细节，大为改观。我的活动范围缩小到黄浦区，票子事先不订，演出当日，想看了，早上联系刀师傅。我还是老规矩，中价票，靠舞台近一点，多偏无所谓。他几折收的我不管，我给他的是正价，是现金，不过只买一张。

我始终没再看见过G。

我还有一点疑问。我和G看演出不是一年两年，在我们还是“我们”的岁月里，为何没在剧场门口碰着刀师傅呢？这涉及他的隐私，确切地讲，是职业机密。他希望我请他去绿波廊涮一顿，慢慢谈。我们点了一台子的菜。四喜烤麸、白切羊肉、水晶虾仁、松鼠鳜鱼，最关键的是一道草头圈子。

刀师傅就住在城隍庙附近。以光启路为中心，方圆两公里都是他的地盘。所谓地盘，就是在这个区域搓麻将稳赢。当然，一场麻将结束以后，台面上他可能输了，但是账面永远是乐观的。“宝大祥”，上海人用这个老字号来形容稳操胜券的人或事。还有一种叫法是“照牌头”。刀师傅照牌头是要有人帮衬的。无论坐在上下家还是对天门，两个人看三色、抬轿子、操控牌局。他们不会戆到塑造啥常胜将军，不过，假使当日牌都很“醒”，那么两家赢两家输也没办法。所有魔术都有败露的一天，刀师傅没等到那日，倒是那些牌搭子、老朋友动迁的动迁，搬家的搬家，散落在上海的四面八方，凑不起来了。久而久之，刀师傅急了，儿子的学费生活费问谁讨。他只好拓展业务，把夜里打牌的时间浪荡在马路上。

为了做好黄牛这门空麻袋背米的职业，刀师傅做了不少功课。他学会了上网，因为演出信息最早最全发布是在几个票务网站。他有一本挂历，标满了工作日程。今日夜里在“音乐厅”，明日在“文化广场”，后天是“兰心”。除了演出，他还做中秋的月饼票。我问他为啥不碰火车票，他讲：“火车站太乱，怕出事体……我以后要去澳洲享福的，思路要清爽。”各种社会收入，加上两千多的退休工资，每月平差差有万把块，一半用在儿子身上，两千上缴老婆，剩下来自己开销。他辛辛苦苦刮老百姓，心甘情愿被儿子刮，最后转到外国人的账户。我懒得打击他，见了面，不是问他见过G吗，就是打哈哈：

“儿子什么时候回来啊？”

“哪能，想帮他介绍工作啊？”

“一句闲话，就等他回来——对了，他卖相哪能？肌肉发达吗？”

“死开，死开，少打坏主意。”

我扶着他，身体差点笑成刀字，随后像是故意要气他，提醒他注意，兴许下次儿子回来会有惊喜。他知道我是开玩笑，但还是很生气，或者说，突然被一丝担心抽疼。八年了，抗战都胜利了，儿子连个文凭还没混出来，从来也没听他提起女朋友啥的，这不正常。

更奇怪的是，眼看着我们的分手周年临近，可我连G的一点消息都没有。那晚，我收到自称是N的短信，说要结婚了，办酒之前想再见一面。我赶紧拨通了这个陌生号码，居然真是N的声音。我们约在隔天的阿毛餐厅，吃晚饭。

记忆里的巨鹿路，是市区叫得响的马路里，极少数不开公交车的。到了富民路，南面有爿饮食店，叫小青，生煎蛮嗲；北面有家饺子馆，叫朱记，夜宵兴隆，旁边的阿毛是大家聚餐的首选。二〇〇五年到二〇〇八年，豆瓣网站有过一个小组叫“周日请早”。最早，这个名字意味着一个文艺沙龙，脱化自地下丝绒的名曲《Sunday Morning》，也就是“香蕉”专辑的开场曲。我跟G，还有N，都是沙龙的常客。多数成员都混过某个已经消亡的论坛。

在豆瓣为一堆BBS送终之前，这个论坛在圈子里比人民广场还有名。目前，社交网络一波接一波，新浪潮隔夜就可能被某个手机软件淘汰，自然就不会被多少人惦记。

小青、朱记的门面已经没了，阿毛的店招还亮着。我关照司机靠边停，却忘了拿发票。我盼着尽快看见N，就提前到了，但是人家已经在那个包房里坐定了，看书等我。N读的是远藤周作的《深河》，对它很是推崇。我是后来才留意到书，并有了一些延伸的对话。久别重逢，最抓眼球的还是人的变化。三十出头的人，头发不该那么稀，但是精神状态极好，胖了，笑容清甜。当晚，直到我们步行至长乐路分手，平和温润都是N给我的最深印象。即便是今天，想起来还让我非常眼红。所以，我当时的开场白或许是一种嫉妒：

“朋友两年没碰头，气色蛮好。”

N拍我的肩膀：“朋友两年没碰头，肉头厚了勿少。”

“锻炼呀，外头空气介差，只好健身房里活动活动。”说着，我改用国语：“你懂的呀！”

“大趋势这样。现在好像口味越来越重了。”

服务员突然不请自进，把我们变成两个哑子。她问我们点单了吗，要什么酒水。我没要菜单，随意报了几个名字，都是以前N爱吃的，又补了两罐椰奶，一大碗酒酿圆子。不久，菜就来了，一道接一道，仿佛预先晓得会被我们点，就像N晓得什么会被我问。

N否认了一些流言："有段时间，我确实身体不大对，我以为中招了，所以就去做了检查。"知道结果后，我告诉N，自己明白那是什么感觉，填表格的时候会遭遇什么眼神。雨过天晴。也是心情好，N接受了朋友的邀请，去教堂见证他的受洗。这之前，N对宗教的认知是肤浅的。N说了很多，很多感悟，很多故事，让我觉得自己正在被布道："所以，你消失是因为宗教？你要做礼拜？"

"一部分原因——没错，是因为宗教。但是，在我最痛苦的时候，我已经想要逃了……怎么讲呢？我认为我们实在是太糜烂太不像样子了……怎么讲呢？后来我信耶稣以后，慢慢地，开始有动摇。这好像真的是一种天谴。"

我以为自己听错了。在上海话里，"天谴"音同"天气"，N的逻辑是要就雨过天晴的方式再做一点补充吗？还是，觉得信念动摇是一种天谴？

真是荒谬。我明白N的意思。这可能是我听过的最缺乏营养的劝戒。人是应该检点行为，但是借由宗教去解决一切，在我，正如神的存在一样可疑。我这么说，丝毫没有渎神的意思，相反，我尊重那些明灭幻见的神明。我比N更包容，我尊重传说中的所有神明，而N信奉单神，并对某些多神的宗教颇为鄙薄。

我重申一遍："我羡慕那些信仰宗教的人。"

这次不算积极但绝对和谐的饭局没能改善我与神的关系，却带来了一些福音。神的伟大就在于此，无论是否被你信奉，他都不会吝惜手中的曙光。即使是N组了家庭，正能量还在传递。逢年过节，我会收到贺卡，N画的贺卡，祝词包括“为你祈祷”、“最近情势严峻，请千万小心”。N的插画创作早于我们相识。婚后，夫妻俩开了一家淘宝店，自己联系印厂，为插画找了很多归宿，最主要的是结婚请帖。

如果G还在身边，我们应该会结婚吧。到了我这个年纪，身体机能开始走下坡路，需求和魅力都不比往常，想要再有一个安定而贴心的伴侣越来越困难。G消失之后，我被迫开始新的征程，那些短暂而散漫的艳遇如雾如纱，内心丰富、视力糟糕的人容易幻看，又因为无限睽隔，症状恶化。有时，走在空旷的马路上，觉得百步开外迎面的仿佛是；有时，坐在昏暗的公交后车厢，前门上来一个人，身形像，脸架子也像，惊得浑身战栗。这和幻听是一个道理。曾经，我的手机铃声是一首冷门的爵士乐，遇到地铁拥挤，各种声响经过大脑，拼凑出熟悉的主题。直到我换了手机，自作多情才有收敛。我发觉手机不断进化的一大标志是音量的限制，由此，拿它当喇叭听的脑瘫少了，被我漏接的电话多了。

逢场作戏。我的演技还有待提高。比如，舔吻的动作太夸张，仿佛双唇隔着一把高音萨克斯。鼓手是G吗？这个念头与我的激情并不抵触，反倒成了一管润滑剂。我的手机里装了许多交友软件，我开始享受智能手机的优越性。2G、3G、4G……时代在进步。

二〇一三年九月，奶奶自杀了。老人家这一任性，释放了小辈的人性。夜里九点，过年才有的大团圆改在宝山区的一家养老院。从起床到上车，奶奶这一路走得辛苦，楼道里萦绕着各式各样的抽泣号啕。好些房间亮着灯，好些老人坐躺在床上，眼神放光。这样的夜晚，对他们来说，过于残酷了。

亲人或许太过悲伤，灵柩不久就火化了，隔日入葬。爷爷在陵墓空等了两轮，终于团聚了。上山的路上，一群又一群的黑蚊子热情欢迎这些不合时宜的稀客。就在大家搔首弄姿的时候，我掏出驱蚊水、万金油，赢得一片真挚笑容。最激动的那位问我，怎么有这些宝贝。我说，几年前出差到苏州，就顺便过来看看爷爷，也是这季节，也是这样叮。说的时候，我的脑子里满是G当时的狼狈样子——我指着墓穴说，里面是空的，因为爷爷是回老家探亲走失的。

离开苏州，G带我去了同里，下榻在一家民宿。我们在床上玩一种两个数字相加等于十五的游戏，太过尽兴，惊醒了前来送热水的老头。也怪他太莽撞，想当然地开门进来，于是就撞见了赤条条的我们。被冒犯的感觉还来不及上头，尴尬抽空了空气的传声性。我们看着他把老式热水瓶搁在地上，微笑着退出门外，直到砰的一声。我们瘫倒在床上，相视而笑。

“斯人已去，斯人已去。”回程的巴士上，长辈见我情绪低落，试图给些宽慰。我休停了整整七个礼拜，遵从风俗，连根头发都不敢动。这期间，最大的娱乐是回了一趟老房子。

南市并入黄浦是本世纪初，旧区改造随之启动。老太平弄动迁以后，我就没怎么回来看过。奶奶的儿子太多，父亲婚后变相入赘，去了徐汇。我的南市记忆是和童年的节假日捆绑在一起的。偶尔，我会看到自己跟着其他堂表兄弟，在外咸瓜街的水产市场看大闸蟹、甲鱼、海蜇皮的热闹，头上一具一具鳗鱼尸体。我极少回来的原因是它变得如此彻底，方圆半公里，寻不到一丝一毫的印记，证明自己的过去，所以也就无所谓什么乡愁。难得啊，我在刀师傅的家附近还会被这种流行病击中。

血液里有南市风土的人，命里都有两座庙。一是城隍庙，二是文庙，读书人的顺序可能不一样。因为城隍庙，周边的老房子不幸地幸存了下来。这是刀师傅的观点。主流民意是太多居民盼望拆迁。穷人翻身靠拆迁，好些人至死没看到拆迁，家属就哭得特别惨。一个户口啊，看得比人民广场还大。于是，家里有条件的，比如兄弟姐妹插队在外地回不来的，发觉老人家快熟了，就送出去，永远活在户口本上。刀师傅的父母走得早，没机会长命百岁，所以他揭发别人非常爽气。

“拆是肯定要拆的，问题现在是拆不起。有多少只户口你晓得吗！要多少钞票啊！这些人是啥人啊？这些人统统都是社会精英啊！”说着，刀师傅帮我的一次性杯子加了点茶。我稍微一欠身，随即听到屁股下面木凳子的惨叫。刚才上楼也是，每一脚都像踩在弹簧上。被刀师傅引进弄堂的时候，我还在观察，倒马桶的老太老头、棚户危楼、阴沟水斗，是否如那天在地铁里两个阿姨聊的那样，老早蛮清爽的弄堂，现在被外地人弄得非常脏。

临近中饭，屋里多了一个声音：

“有螺丝刀吗?”

我回头一看，一个身材修长的黄毛，面色凝重。刀师傅瞪了一眼，起身去翻抽屉，寻到以后直接交给对方。然后就没有然后了。

“什么事情啊?”我问。

“隔壁邻居。”

“现在一点老房子大概都借出去了哦?”

“多数外地人，”刀师傅闷一口茶，“都是附近搞三产的，饭店发廊，乱七八糟各种小店。靠城隍庙发财呀……新公房什么人不欢喜啊。上海要是有一半剧场搬去宝山，我就解放了。不过闲话又讲转来了，宝山空气实在太差。”

容忍长期分居，容忍老婆一个人（或许不止）住在共康，刀师傅还有个原因是贪老房子方便。吃的喝的用的，楼下就是，地段医院都认识，他拿老婆的医保卡开药，没事调戏护士，跟医生聊养生。这半年来，我明显感觉刀师傅的气喘有改善，主要体现在话多了。

“吃大蒜头呀，记牢，一定要生吃，吃腌的没用场。”刀师傅得意地说，他上月和医生聊天，对方听到他坚持吃生的大蒜头，相当肯定：“你晓得吗，生大蒜头等于是头孢啊。”

我们就这样逛老街。说好的，我请客，刀师傅带路。我们走在四牌楼的美食街，俨然在兜台湾夜市。路原本就窄，街面房子全部改造成了餐厅，还要容纳两排移动餐车。车上各色大旗，化了浓妆，撂下狠话，各类食材在铁板上油锅里拗造型。不少摊主认识刀师傅，打起了招呼，他也就视察工作一般，左一记大招手，右一记大招手，忙得七荤八素。最后，我们突破油烟的封锁，走进一家叫“小宁波海鲜”的馆子。老板娘殷勤，一口一个“阿哥”，先送几碟冷菜，包括糖蒜。

“老规矩。”刀师傅这就算是点完单了，开始指点江山。他对这片地区有自己的规划：“应该拆一部分，留一部分。”怎么拆，拆了干吗，这就是艺术。反正，他家必须拆。他对澳洲的生活也有规划：“想开一爿棋牌室，缺搭子了就我来顶。”我给他看哥哥在澳洲的照片，视频里，我的侄子在海滩上疯，太阳刺眼，镜头摇晃。他捧着我的手机，开心得仿佛是看自己的第三代，还不忘加上一句：

“老板娘，再来份大蒜头。”

他这样迷信大蒜头，胃终于罢工了，还爆发了流血冲突。二〇一三到二〇一四的跨年，他是在医院的输液室里度过的。老婆陪完夜，元旦还有饭局。我打电话只为拜年，听到那个“煨灶猫”的声音，动了恻隐，还有一个困扰我许久的念头。

我买的那箱金果具有活血化瘀的功效，刀师傅光是瞥见，精神就有起色。我不能影响他休息，就晒自己的想法。一叠照片，一张，一张，翻——都是 G。我是一个拒绝拍照的人，因为不上照，世间的景观连带褪色。旅行不带相机，手机配备多少万像素也不关心。我们的照片基本都在G的设备里。这张照片是少数漏网的，人物形态完整的唯一。离寻人启事的标准还有距离——雪景太壮丽，仿佛在加拿大，其实是南京大学的仙林校区。那年岁末，我们去南京捧昆曲名伶的专场。我会对昆曲有浅见纯粹是G的熏染，所以，这种风雪夜奔的戏码我是演不了的，而是被人拉着赶进了兰苑剧场。看完已是深夜，明早还有名伶的讲座要追。仙林校区是什么概念？距离或时间，不知深浅。于是，地铁还在隧道里跑呢，就明白肯定晚点，等到驰入茫茫飞雪，瞬间豁达了。天地是单调的白色。雪那么厚。我们躲在一把天堂牌的大尺寸折叠伞下，每一步都在创造新的景致。羽雪落在伞面，茕茕化响，脚下嘎吱嘎吱的凉，此外，便只听见我们的对话。怎么办啊？除了眼睛是度假的状态，身体的其他零件都在咒骂：

“黑匣子剧场在哪？”

没人知道。人实在是少。有时，老远望见一把伞，也不管方向了，追上去，只为了一句“好像是在哪里”。就这样绕圈子。

“帮我拍一张。”G实在是累了，懒得掏相机，站在一栋教学楼前面卖萌。我用手机保存了这一刻。我想，照片多冲几张，让刀师傅分给朋友同行，会多一点希望。

“戆大！”刀师傅收好照片，还我两个字。

我需要一点音乐——Brendan Perry的浑厚肉嗓，Lisa Gerrard的鬼魅吟唱。他们居然会重组Dead Can Dance。四个半月后，G离开了我。次年，DCD发表新专辑，开启新一轮的环球巡演。DCD

是G的最爱。我开始幻想，期待他们献艺上海，哪怕凑不全。每晚，总有那么几分钟，我守在屏幕前面，审查几位的官网，巡演信息有无进展，一如病患等待重大检查报告。两年后，欲望的指针对准了上海交响乐团。

普莱斯纳与丽莎·杰拉德演绎《希望日记》。

Preisner & Lisa Gerrard Perform Diaries of Hope.

没错。乐季的节目册，第192页郑重宣示。我知道，普莱斯纳创作这首交响诗，动机是安魂二战波兰犹太区的亡灵。普莱斯纳不知道，这样一场演出，对一个上海人（虹口区收容过大量犹太人，并建有上海犹太难民纪念馆；G的大学，G与上海的因缘也在虹口）意味着什么。确定Lisa明年会来救死扶伤，我旋即在普莱斯纳的官网订了《Diaries of Hope》的黑胶。如果有可能，我希望能让两位签名，当面送给G。那是一套双张180克重胶，Gatefold对开封套，印刷雅致，有普莱斯纳的导听文章。文首回忆上世纪九十年代初，他随波兰导演基耶斯洛夫斯基（几年后，猝然病逝于华沙）参加耶路撒冷电影节。两人去了犹太大屠杀纪念馆YadVashem。读到这一句，我被震撼到了：

> “当我们离开纪念馆，克日什托夫对我说：‘你应该用音乐来描绘它，你应该做这个。’”

我完全受控于一种错觉：这首曲子其实无关大屠杀，它是一个男人对另一个男人的回应。这个回应迟了二十多年。我悬想，《Diaries of Hope》二〇一三年在伦敦首演，谢幕那一刻，普莱斯纳的内心深处是什么景象？这一幕让我动容，深陷其中。

一个崭新的开始。对上海交响乐团来说，没有比拥有自己的剧场更值得庆祝的。寄居、流浪已然终结。对刀师傅来说，财神老爷又来了。大剧院的整修停业让他郁闷了大半年。在我，上海交响乐团就是希望。宝庆路汾阳路之间的这段复兴中路，我熟悉它，原址是上海跳水池，现在的建筑是矶崎新的作品。正门有两个出入口，移动铁门防护，保安把守，演出前夕只开放一个。

二〇一五年三月二十七日——我急切地盼望这一天。演出会在晚上八点开始，刀师傅的习惯是提前两个小时。二〇一四年的夏天，我是在规划部署中度过的。八月卸下浓烈的日妆，哼起倒黄梅的雨中曲，即便阳光充足，也没能逼近三十七度。二号的清晨，乐季开票，数百观众顶着台风在上交新馆的门外保持队形。领先的十几人是凌晨来的，然后便是我，一身艳俗的黄色雨披，犹如一根大香蕉。排队的过程，我把DCD的八张录音室专辑完整地听了一遍，视线不时往后扫。无尽的等待、糟糕的天气、难解的尿意（有位女士想进去方便，被保安以安全原因拒绝）以及对低价票数量的担忧让好些人聊到一起，发泄在社交网络上。G我是没等来，记者倒是来了不少。我误以为今天开的是整个乐季的票，实际，只有四场音乐会。有个青葱小伙子，紧身牛仔裤包得很性感，沿着队伍求救：

"能帮我带一张 580 的维也纳爱乐吗?"

没人答应。大家惦记 280 的底价票，却又很清醒，多掏 300 块的概率很大，而这最低的两档票价都限购两张。于是，我终于下了决心，买两张 280，两张 580，算是给发软的双腿一个交代。在我满足了小伙子的渴求不久，他就让我失望了。骚扰工作还在继续，不放过任何一个人，还有，他的女朋友来了，手里提着刚买来的早饭。

我对闹哄哄的大型交响乐无感，两张 280 后来让刀师傅赚了一票。上交怀旧的开票模式让他上瘾，他成为了会员，定期收到开票的预告短信，购票还有折扣。九月十二日的深夜，好些人看完王健的演奏，就往售票大厅跑。明早有四场演出开票，限购的是朱晓玫、马友友。没人抢得过刀师傅。他的那副粗框板材眼镜又回来了，和他的同仁战斗在最前线。吸取第一次的教训，大厅被上交开放为候票室，零点一过，又被刀师傅改成了棋牌室。四个老爷叔，不顾一群小青年的惊讶与鄙夷，打起了八十分。这一夜，他打牌赢了两百，四张朱晓玫的低价票后来翻了五倍。

他最近确实很顺，顺得压不住。到了该 Lisa Gerrard 登台的那天，我看到的刀师傅是空前绝后的开心、亢奋。我们约在黄昏的汾阳路口，一见面，他硬塞给我一包进口水果干，说是儿子这次带来的。"还差两门，只要再考出两门就好拿 pass 了。"他讲的当口，感觉这是一眨眼的事情。接着，又是一通心情写真，拍的是澳洲的阳光沙滩。我很生气。他显然忘了今天该做什么，答应过我什么。

我终于还是失控了，冲了他几句。

“你太紧张了。”他的心情真的很好，依然在微笑。“放松一点，深呼吸，深呼吸。”然后又问我，今天叫卖的口号是什么。他说，自己打算用“波兰配乐大师”。

“还是叫 Dead Can Dance 好卖。”我坚持道。

“蛋啥？中文哪能翻啊？”

“死人照样跳舞。”

“太拗口了。”他啐了口老痰，一转身，喊了起来：“死人跳舞，死人跳舞，死人跳舞看吗？”

声音离我越远，就离上海交响乐团的大门越近。我从环保包里取出《Diaries of Hope》的黑胶，一如既往的簇新，可惜没有签名。我抬头看了一眼路灯，告诉自己，去吧，这是一个伟大的夜晚。

百乐门

1

一大清早，无数手机都在传阅新发布的处分公告。立明用拇指斜拉完整的十一人名单，心情忐忑，仿佛那是明日亚洲杯中澳生死战的首发阵容。他发现了一个熟悉的名字，然后就被新涌的人潮冲垮了。身旁的姑娘，方才还擎着手机看偶像剧呢，边看边痴笑，现在，笑容被车门玻璃压成一张手抓饼。立明挣扎着抬起头，瞥见门外一位男士正用肩膀撞击人堆往车厢里挤，心里满是怜悯。

这是一个再普通不过的工作日。如果不是客户着急开会，立明此刻应该在宽松的大床上，而不是如此拥挤的地铁车厢里。早餐一般发生在十点，到了白领的午餐时间，他开始准备出门，去公司晃一圈，若是一切正常，回到家里，太阳还没下班。

他此行的目的地位于浦东一条不知名的马路。开完会，立明的心情指数升了一些。他有信心拿下这个项目。新项目的特殊意义，他很清楚。这几年，他的工作就是替各区县制作宣传册，旅游的、招商的、文化的。他的上一本作品，以豫园的元宵灯会开篇，外滩的跨年迎新收尾，原定年初付印，现在正在推倒重做。

最头痛的是后续影响。所以，昨天进公司之后，他赶紧指挥美编设计一些洋气的版式。他必须趁现在还有新项目向自己招手，赶紧抱住新的大腿。可是，这条大腿来得也太仓促了。今天招标，后天就得交策划书。如果比稿赢了，制作周期还是只有四周。那么短的时间，他需要对付新旧两个工程，撰稿、摄影、排版、送审、翻译、校对、送印——哪步都得亲自过问，肯定来不及。可惜没有同事搭手。他所在的广告公司，前身是 H 周报的编辑部，停刊之后，留下一间办公室、两个人。

充分评估之后，立明下了决断。他打算主攻新项目，把返工的烂摊子交给纬静。

他已经七年没见纬静了。思忖再三，他拨通了电话。彩铃响起的时候，纬静刚巧在气头上。中午起床，她发现自己的书房地板上堆满了杂志，她惊呆了。看着这些过期的杂志，投入过心血的杂志，她想起那天大扫除，怎么整饬自己的职业生涯，把它们安置在丈夫的书房（主要是法律类的工具书，书架上还有一些空位）。于是，她拿起手机，向正在上班的丈夫发了一通火。电话那头认为，这些过于精美过于笨重的时尚杂志富于异味，你可以舍不得丢，但不该去危害别人的健康。“是什么异味你告诉我?”纬静反驳道，“搞了半天，我在这个家里一点权利都没有，难道就因为房产证上没我的名字?”丈夫听了暴怒，呛了几句，又说：“现在谁还看杂志啊，公众号都看不完，印刷品还污染环境，早该淘汰了。”他说得轻巧，忘了妻子供职的D杂志新近停刊。“对了，”他赶紧温和一下语调，“忘记告诉你了，今天我不回家，单位年会，我们会在朱家角住一天，要帮你带一点扎蹄吗?”接着，通话就断了。纬静挂了电话，恼怒地凝视着地上的杂志，攥在掌心的手机不合时宜地响了，她想当然地选择了挂断，挂的时候，方才意识到屏幕上跳出的是立明的名字，但是手已经划上去了。

2

《恐怖分子》是纬静常看的一部电影。她坐在94路公车上，目的地是静安寺。她和立明约在百乐门隔壁的那家麦当劳。车外的夜色时断时续地挪动，头上的空调热风倾斜着劲吹，她把脸贴上凉爽的窗玻璃，脑子里突然兜起《恐怖分子》的一幕：金士杰和缪骞人靠躺在床上，倾吐心声。聊天在这里扮演的是偷情的后戏。金士杰的左手枕在脑后，一撮腋毛和裸露的半身一样醒目。“立中不知道我们从前那些事情?”他问缪骞人。得到一声“嗯”后，他加快了语速：“从前的事你没跟他提起过?”“他从来没有问过我。”“那他很信任你了。”说时，金士杰的左手放了下来，高过右手，刚巧遮住所有的敏感部位，并露出肘部的几块结痂，形似地图上的一个岛群。

纬静还记得最初看《恐怖分子》的情景。是在立明的办公室，一个周六的黄昏，散发着印刷品的独特气味。结束了下午的采访，立明一反常态，提出想先回编辑部，把录音导出来，免得晚上泡吧玩嗨了，出什么纰漏。社里空无一人，包括门卫室，老师傅大概去上厕所了。进了编辑部，他们也不开灯，开锁之后，旋即又把大门合上，径直走向黑暗中的电脑。回溯往事，纬静觉得这都是立明的刻意安排，在来的路上，甚至来之前，他就已经筹划好了，一切都在计划之内。

编辑部里一片漆黑。少许昏暗的光束穿透窗帘，勉强有一定的照明作用。纬静面对的是一个布局庞大的办公室。她熟悉这里，有四个月的实习经验，时常坐在立明的对面，听女导师布置任务。她帮那位时尚条线的名记跑场子，收集车马费。这不是她喜欢的角色。

“要不，我们先看个电影，”录音导完，立明抬头招呼，“刚才Eleven给我发了短信，说晚上十点去DKD。”

“哦。”

“人呢?”

一个面具怪物冲了出来，隔着两台电脑屏幕舞爪咆哮。立明起身，看到纬静跪在对面的办公桌上，花裙子被大腿撑成漂亮的扇面，小腿勾连。纬静戴的那张面具，是某次拍大片的道具，后来编辑部遣散那天，立明看到它躺在地板上。他想起纬静，想起看的那部电影，看之前，怎么把她抱到自己的座位。他的双臂起初扮演纬静的围脖，安分了许久，左手才顺着她的锁骨往下探。电影当时放到哪里，他已经忘了，只记得纬静缺乏表情的脸，侧转之后，贴上他的鼻尖。

长久以来，反刍这一幕，更多的是苦涩滋味。但是，立明并不后悔。他抱守着一个心理事实，自己不知道纬静有男友。所以，当那个在纬静的嘴里糟糕透顶的前男友，以短信的方式复活，并且向他发出严正警告的时候，他也震惊，也愤怒，也把对方视为恐怖分子。

3

七年了，立明已经能够平静地面对这一切，把罪责全揽在自己身上。H 周报停刊一周年的聚餐会，他就是被告的腔调。他和纬静的暧昧被前同事们归入编辑部笑话，仿佛蘸料，一经推出，每张嘴都有想法。

大家提起纬静是因为 D 杂志倒了。消息率先在朋友圈传开。带过纬静的女导师，说纬静的漂亮全靠化妆。摄影师朱彬问她，是哪个女的，怎么自己一点印象都没有。

“这嘛，你应该问 Seven 呀。”女导师说。

老资格的同事都笑了，晚一辈的等待开蒙。

摄影师和女导师，还有立明几个，都是H周报的老臣，并非开朝元老，但都为这份报纸奉献了青春。前面七八年和睦共处，不想晚景凄惨，上面的态度，狂风雷雨闪电，刹时翻脸。当年，经营者使手段逼走了几个老员工，剩余听话的、意志品质坚强的，折磨他们大半年，发足了全额遣散费。但是，遣散费没拿全的现在混得更好，H周报有个定律，那些不欢而散被迫离开的，出去之后，生活都会上了一层楼，收入和地位比先前要高，只是更为辛苦，累死累活。

立明上个月因为静安区的一本别册，急用化妆师，朱彬在微信上向他推荐了一个老朋友。他怯懦地打去电话，心想好几年不联系了，黎晓燕大概早把自己忘了，不想对方还记得。

“不好意思，事体比较急，不晓得你今天下午有空吗？”

“有啊，”黎晓燕说，“多少年没碰头啦，正好也碰碰头——是朱彬来拍吗？”得到了肯定的答复，她的声音更兴奋了。立明不晓得接着该怎么提酬劳的事。五百块太寒酸了，这是好几年前的友情价，现在再报这个数字，他很为难，可是，又非报不可。

“不搭界的，”黎晓燕说，“老朋友了，正好也碰碰头。”

后来，他们在一家高档餐厅的豪华包房，等那位香港影星从对面的波特曼大酒店过来。这一段半公里的路程，他们等了近一个小时。他们倒没有埋怨，似乎早把下午的封面拍摄给忘了。服务员给他们倒足了茶水，还备了一些粤式点心，仿佛旧友的聚会下午茶。朱彬说起这一年来卖鹅蛋的经历。他和几个朋友在崇明包了一块地，养鹅，鹅蛋是季节性产品，卖完，鹅也完了，五百八十块一只。黎晓燕的摄影棚还开着，不仅开着，规模还从两个楼面扩充到四个楼面，她说她为了老公的摄影艺术梦真是倾尽了所有，搞得现在像个瘪三，到处帮人家化妆，想尽办法赚钱。除了房租，她和丈夫的摄影棚还养了五个人，算上房租，每个月睁眼闭眼就是九万块的债。她这样说，听得立明很内疚，俨然是被谴责了，拍个封面，发型和化妆二合一，只给五百块的报酬。

“哎哟，不搭界的呀，”黎晓燕拍拍立明的肩膀，嗤笑道，“老朋友碰碰头，靠这点化妆钞票我要赚到什么时候才好把这房租赚出来啊，我们现在调方向了，如果还是借给媒体拍大片，拍拍婚纱照，老早关掉了。”然后，她掰着手指列举那些倒掉的市区摄影棚，还有那些曾经合作过的报纸杂志，基本上也都停刊了。

或许是这次还不错的朋友叙旧，让立明和朱彬萌生了聚餐的念头，把H周报的前同事们招集起来，就像同学会那样。起初，大家对着美食，捧着酒杯，嘴里剩余的空间都在怀旧，以前采访过的明星，或死了，或红了，或因为吸毒被抓了，聊那些报上没发表过的花絮。到后来，大家七嘴八舌，开始审问立明，索要他和女实习生谈恋爱的真相。立明大方承认了，自己追过纬静。对一个单身男性来说，这不丢脸，编辑部这些年进进出出多少女性，他就下过一次手。

“这我就搞不懂了，为啥偏偏是她呢？”女导师问。对于立明来说，这是一个非常经典的问题，当年他的好友 Eleven 也这样提审过他。聚餐会一结束，立明拨通了 Eleven 的电话，约他出来喝一杯。Eleven 以空气太差为由，坚持把酒局改在他家里。他刚和女友拗断，屋里乱稻草一样，洋酒和唱片码在一起，压得书架有了弧度。

他们喝到凌晨，若非明天立明要去浦东一条不知名的马路开会，他们可能会回到往昔。那几年，他们在淮海路的几家 Club，夜生活的标准是晚上十点至凌晨两点。太久没碰酒精，让立明的记忆产生了轻微断裂。印象中，Eleven 不知为何提到了纬静，随后，立明就有一种强烈的冲动，想就这个名字做些补充。对话低调而露骨，普通话的声调赋予庄严的反思精神，在 Eleven，这是他听过的关于纬静的最全洁本。

“你其实还是很在意她的。”Eleven 总结道。

“没有没有，”立明说，“情况是这样，我觉得自己当时犯了几个错误……比如她第一次提分手的时候，我应该更果断一些……我是后来才这样觉得……你看一些文艺作品，挺美好的男女主角，然后有第三者强势插入，他觉得自己是正当竞争，但是，作为观众，你会很厌恶他。”

“所以，你当时强势插入了？”

“瞎无聊！”立明有点恼了。

“问题是他们并不美好啊，”Eleven 喝酒的时候嘴角还在上扬，“听你说的，我觉得她对那个男的很失望。起码曾经是这样。如果是我，有个女的一直在我旁边抱怨自己的男人，我会觉得她是在激励我解救她。”

“你会救她吗?”

“不会。”

“为什么?”

“等我去救的人太多了，”Eleven说，“而且，她有点高冷，让我想起外滩的酒吧，比如说 Lounge 18。”

4

上海的酒吧种类驳杂，Eleven 把它们分为三层。第一层，外滩周边的，包括其他区域五星级酒店的，颜值环境消费多项参数超标，老外比国人多，女性比男性多，香槟比烈酒多；第二层，淮海路沿线的，大型 Club 为主，常有世界排名前一百的 DJ 献艺，土豪小开撑场面，老外基本瘪三，卡座上的整瓶洋酒无所谓品牌，但必须有脉动或者绿茶助兴；第三层，其他。

本世纪的第一个十年，Eleven 的这种分法具有白皮书意义。各层的卖点，他有个人解读：第一层的关键词是腔调，第二层是音乐，第三层是主题。主题的范围很自由，体育同志摇滚雪茄爵士，等等。有一些靠捞偏门、已成历史的 CD 是 Eleven 爱举的例子，他常常教育新人：

“C，Chicks；D，Ducks。”

纬静上过 Eleven 的夜店课。她最早听说 Eleven 这个名字是在创意园区 M50，当时她在 H 周报的实习刚刚提前终止，换了笔名，潜伏（后败露于财务小黄的无心提醒）在立明责编的版面里。她的每篇文章好似琴弓，能在立明绷紧的神经上奏出音乐，但立明还是不放心，每次采访都要督阵。也是熟了，纬静问他：

“你为什么要叫 Seven？”

“因为我有一个朋友叫 Eleven。”

“前女友？”

“不是，是我的大学室友。”

后来，她开始跟着立明混夜店。都是 Eleven 拉场子，订卡座。那几年，上海的生活时尚类报刊有夜生活版面，Eleven 就是今天说的 KOL 意见领袖。太多夜店巴结他，送他消费卡，两三千一张，够挥霍一晚上。有一晚，她大声问（动作近似吻）Eleven：

“你为什么要叫 Eleven？”

“因为我有一个朋友叫 Seven。”

和多数人一样，纬静误以为他们是某便利店的粉丝，根本没有这样的意识：三冠王时期的曼联队，左右两翼的主力边锋，一个穿十一号，另一个披七号。

Club 的吵闹是窒息式的。当晚的 DJ 叫石野卓球，擅长刚猛的 techno 舞曲。要把这些误会解释清楚，Eleven 的嘴和纬静的耳朵还需要亲昵半分钟。这是 Eleven 难以接受的，虽然平日里他很享受和美女攀话，尤其是在泡吧的时候。他看到立明从厕所回来，顺势把难题踢了过去。

“当时幸亏你回来了。”Eleven 回忆道，随后叫立明拿书架上那瓶喝了一半的黑方。Eleven 接过酒，帮立明倒了半杯，给自己添满。

“当时坐在你旁边的，是 Angel 吧?”立明说。

“有吗？我怎么记得我和她已经分手了。”

“你们分手了，又复合过一次。对的，肯定是 Angel。我记得我们从 DKD 出来，在天桥下面吃羊肉串，然后，你拦了一辆强生车，带她回家了。”

“你记性真好……是〇六年的夏天?”

“对的，”立明说，“那天下午我去 M50 做了一个采访。”

“〇六年啊，M50 已经很商业了，不好玩了。”

“是呀，很多北京的画廊过来开分店，然后〇八年金融危机，关了一大片。”

“上海的夜生活也是〇八年开始走下坡路的，”Eleven 猛喝一口，说，“酒商不烧钱请 DJ 了，Club Bon Bon 关了，DKD 被 MT 并掉之后就彻底废掉了，还有 G Plus。”

“现在想想，〇八年之前的三四年，真是上海夜场的黄金时代。”

“也是媒体行业的黄金时代。”

5

H 周报是立明的第一份工作。他从大三起就在这里实习，跟着前辈扫街。大四寒假一过，前辈被一家新创的杂志挖走了，提前解救了他，不必再想是继续实习等待名分，还是去别处当开国元勋。当时的上海，每季度都有一两家媒体问世，如果算上 DM 读物、VIP 内刊，行业流动仿佛地铁的转换乘。

刊物多，实习生更多。立明留意纬静不是因为他们的校友关系，也不是因为她的鼻子英挺，鼻根与眉毛之间有东欧风情。他是被这位新实习生手里的杂志吸引住了。他一抬头，瞥见对面站着的女生，腋下夹了一本《看电影·午夜场》，然后才有了上述的两点发现。此后的情报显示，纬静在编辑部表现为一个乖学生，认真听女导师布置任务，搭话不多，情绪不高，来去好比消声手枪。她好像选错了条线，应该去文化、城事这些版面找找感觉。导师对纬静唯一的肯定是，姑娘文笔很好，经常拿一些濒危的字词考验她的耐心。

“没有，我的简历写得很清楚，最喜欢时尚，其次是文化和美食。”纬静后来和立明重提旧事，把问题指向导师的心机，故意给她小鞋穿。“反正她就是不喜欢我。”纬静说，向身旁的立明投去亟待被安慰的一瞥。这是她第二次接受立明的约稿。上次是一篇软文，应酒商客户的要求，采访一位抽象画画家。项目定得仓促，软文编辑碰巧去度蜜月了。“谁能赞助我一个实习生?”立明向同事们求助。手头有一堆内稿要编，一堆匿名外稿要写，他不能吐尽心声。然后就听到女导师报纬静的电话，用的是数来宝的轻快节奏。软文采访意料之外的顺利，立明当晚加了纬静的 MSN。对话框里的纬静鬼马活泼，画风大变。单独见面的次数多了，这种错觉如烟似云，化作交汇的身影，在宜昌路顺着苏州河蔓延，在南汇数着桃花游荡，在文庙被周日书市的摊位裁剪，在幸福路被华山绿地的昏黄路灯越拉越长。那是中国电影票房的蛰伏期，银幕却不因黑黢黢的空空落落而罢工。随意选一个工作日，午后的阳光为即将步入冷门影院的观众备了一份厚礼，一种包场的仪式感。他们常去的上海电影院，离立明的住处（纬静不肯去）和单位都近，三个地方如果两两画直线，会为地图增添一个小三角。上海电影院二〇一三年停业，拆毁之前，上档慢，观众少。小厅最是冷清，因为银幕迷你。前几排是情侣座，中间不设扶手。起初，他们坐第一排，银幕上下，各演各的，为了营造氛围，选片日趋低俗。《皇家赌场》这类口味重、动静大、时间长的，一看再看。后来搬到中间那排家庭座，一个长条，仿真的皮沙发，防震效果一流。好在纬静“摆大巴”，摆出足球比赛弱队踢强队的死守态势，任由立明狂轰滥炸，字幕走完，比分还是零比零。灯亮了，清扫的阿姨打着哈欠收拾残局，两位观众不卑不亢、脚步含蓄地跑厕所。

真是好姑娘。立明有感于她的操行，一边自惭，一边加大追求力度。可怜电话，每到深夜都会被他打到发烫。他聆听那些温润软语，想象对方正躺在被窝，和自己一样，渴望一个拥抱，正如瓦格纳的歌剧，《特里斯坦与伊索尔德》的缱绻决绝，《指环》的冗长缠绵。电话一断，只能勾起他的离愁别绪，数十次的送别情景。夜里过了十点，纬静就不回宿舍了，她在上海居然有房子。立明谨遵约定，出租车永远停在胶州路口，不许跟踪，折返回家。一个外省学生，能在长寿新村有一套住房，被她解释为父亲的投资意识。

热情的夏天快要燃尽，有一晚，立明摊开收藏的出租发票，吓了一跳。

6

立明参与别册制作是在二〇〇六年的秋天。抛开新闻理想，服侍企业或机关，定制宣传册，无非是钱的问题。那年岁末，他做了个统计，底薪、浮动、车马费，再加上外稿，自己的年收入接近十五万。这个数字对工龄三年的小编还是可观的，够立明和纬静在外面潇洒。此后，他的年收入仿佛中国的 GDP 年增幅，稳中有降，而物价迄今已翻了两倍多。

只要一涉及别册，他的工作就进入喜怒无常的状态。偶尔，也向纬静诉苦，无谓而无尽的修改如何荒诞。对象通常是企业，因为有比较，机关的形象衬得高大伟岸。他很享受去机关开会，在那里，他觉得自己是个人，而不是乙方，会议语言也从纯粹的国语改为上海话辅助。好些领导只长他十来岁，却仿佛相隔一个世纪，他们的浓郁乡音非常亲切，逻辑也是沪语的。或许，这也是立明能够坚持下来的理由，从传统媒体转入新媒体。当身边越来越多的人被迫改行，他还在跟稿件谈恋爱，还在用键盘描绘上海。

从 Eleven 家买醉而归，立明以洗澡的方式醒酒。他有睡前读几页书的习惯，这个习惯还包含了阅读的随机性。今天，他照旧扫视书架，结果抽出一本法文版《包法利夫人》，然后上床，双腿缩进羽绒被子，背靠床头读。书是多年前淘的，扉页印有“上海外国语大学职业技术学院资料”的字样。书的作者在小说里大量使用“未完成过去时”，强调习惯或者某个状态。立明读得很痛苦，不久就迎来了睡意。他合上书，用拇指完成了一次飞快的翻阅。有东西卡在后面，被他挑了出来——两张《通天塔》的票根。都忘了这电影在国内公映过。他留意票券时间，确定当时还和纬静在一起。这样的罪证还有很多，在立明搬离南昌路之前，被安置进了某个铁盒子。东西应该躲在安置过期杂志的书柜里。

多年的睽隔，记忆女神依然能歌善舞。顶着盖子的，是一根奶茶吸管，塑封还在；一张百盛购物中心的购物发票，品目注明隐形文胸，金额二百五；两张从南昌寄来的春节明信片，邮戳时间相隔三天，一张写着：

2006年，我开始相信星座一说。

小狮子vs白羊！

另一张只写了一句法语：

C'est la faute de la fatalite（错的是命）

一包葡京茶餐厅的纸巾——立明抽出一张闻，想起咖喱牛腩牛筋煲的香味。纬静的必点菜。他们但凡去万裕看晚场电影，就会下到负一层的葡京用晚餐，然后逛旁边的Chaterhouse书店（外版书要价比外文书店贵，胜在品种和环境）。除了万裕，另两家店都消失了，曾经和立明在负一层对着白墙小便的前申花球星也变成了囚星。

一张对折的信笺，打开：

Seven：

这是偶从大连带回来的。

名字叫“万宝螺”，呵々，据说是世界四大名螺哟！

找不到合适的盒子，又怕压坏，结果就装在我的眼镜药水盒里来。哈丑！

如果有咸々的腥味，那可是大海的味道！不要嫌臭哦，嘿々！

落款是二〇〇七年的九月六日。工作才几个月，她应该是公差去大连采访。海螺呢？他四处翻找，像个落魄的小偷，最后放弃了。铁盒子里还有一堆票券，电影、话剧、音乐会、演唱会、出租车，数目惊人。立明感觉腿麻了，眼睛快瞎了，情绪已经满溢。于是，懒得整理，统统塞回去。

这到底是怎么了？为什么它们会被保留，像爱情的尸体，制成一具一具标本，这样残忍。他想到明早为它们预备的火刑，烤火的姿势提前了，内心涌起一股暖意。可这暖意并不持久，仿佛严冬户外呵在掌心的一口热气，瞬间雾化。他舍不得，俨然烧的不仅是回忆，还有他这个人。那一刹那，他想起纬静的一段话：

“我不能和他分手。虽然我爱你。我和他在一起六年多了。如果分手了。就是对我的彻底否定。这个代价太大了。”

当时她在电话里哭得快要窒息，连咳带喘，一再拒绝向立明提供地址。时至今时，他才真正做到了理解，或许说，谅解。

7

电话拨通的等待音一响起，立明就后悔了。这样是不是太鲁莽了？明明新的别册项目还没拿下。比稿万一神奇地输了怎么办？无非是多出几千块钱的稿费，纬静还未必看得上呢！

“喂。”听到纬静的声音，立明冷静了下来，一如往昔采访那些大人物。他简叙了来电原因、当前困境，只字不提比稿之事，又强调稿期短，敦请纬静尽快答复。

“可是我连东西都还没看到啊，”纬静说，“我怎么知道自己能不能帮到你？”

“内容基本上是推倒重做，不过结构没变，你往里面填就是了，”立明说，“方便的话，给我一个地址，我把上一稿的彩样全部快递给你。”

“地址啊……”她放慢了语速，“还是这样吧，晚上我请你吃饭，你把资料带过来吧。”

“哦，那也行，不过晚饭还是我来请吧，本来就是托你帮忙。那么，我们约在哪里？”

几十回合之后，立明同意了纬静的建议：晚上七点，百乐门旁边的麦当劳。

关于这家快餐店，立明有很多回忆。如果是好几年前，排在前列的是彻底分手的郁悒，然后是对某些老头的置疑，最后才是一批快乐的约会情景。随着时间的激流，头尾两部分江河汇海，倒是那些老头，顽石一般，梗在意识的浅滩。每回路过静安寺，望见百乐门，立明都会问自己：

“那些老头到底是干吗的？”

他们身着西服，或深或黑，样式统一，年龄都在五六十岁左右。没有一个人点餐。隔壁便利店买的桶装泡面，酱蛋丢进去，再闷一会儿；自带的炒货，瓜子在蜡黄的牙齿上噼啪作响，小核桃被钳子夹成两半；豆浆粉倒进保温杯的杯盖，热水冲调，调羹不忘在舌头上做一些体操动作。他们谈天说地，霸占一片区域，好些举着托盘等待落座的食客见了，乖乖往地下室走。也没有服务员过来收拾、劝止。起初可不是这样的。立明和纬静进来的时候，只有两三个老头缩在角落，帮派聚会的味道是一点点积聚的，进入午夜，气氛变了，场面失控。立明和纬静已经被一群老年人团团围住。立明根本没有心情探讨这群人在此集会的真相，不过，他是一个明白人，知道感情上的顽固抵抗只会让彼此更痛苦。

“可能是明天久光有活动，黄牛提前来排队。”

“黄牛没必要穿那么正式吧。”纬静嘀咕的同时，有一个打了耳钉的娘娘腔在沪剧的伴奏下，跳起了独舞。

“对了，别忘了旁边有百乐门，应该是去跳舞的。”

“你觉得他们舍得买票在百乐门跳舞吗？”

“兴许和唱 K 一样，凌晨跳舞比较便宜，”立明说，“要不就是请来撑场面的，酒吧不是也花钱请公关嘛。”

“说不定是群众演员，”纬静说，“比如拍老上海的影视剧，有一场跳舞的戏，需要在百乐门取景。”

“现在这种戏在车墩就能一条龙搞定，没必要老远跑到市区来。”

他们就这样窃窃议论，在对方的推理里寻找漏洞，以为能够远离分手所引起的烦恼。到了十一点半，进来一个导游模样的男人，背双肩包，举一面小红旗。他用北方口音问：

“人都到齐了吗？”

娘娘腔答道：

“还差两个人，刚刚发过短消息了，讲还在夜宵车上。”

随后，“导游”吩咐了几句，走了。

“看来，是我猜对了。”纬静俏皮地说。

“未必吧，”立明凝视着纬静，“不到真相揭晓，你怎么知道自己的选择肯定是对的。等下我们跟着他们，看看到底怎么回事。”

“Seven，我很累了，我想回家。”

“那我送你回家吧。”

纬静沉默了。立明追问道：

“我可以送你回家吗？”

8

纬静不是社会学系的。大三的暑假一结束，她就为自己不是社会学系而遗憾。她的遗憾并不等于她想换专业，或者说，对自己的专业缺乏热情，她有遗憾，只是因为如果选了社会学，毕业论文会更精彩。她不是预言家，填志愿的时候，没想过本科的最后一年沐浴着夜色。她对上海的夜店生态、泡吧文脉有充足的观察，这种体验与阅历通常发生在步入中年的男性身上，事业有成，家庭不幸。所以，当她必须为毕业论文选一个方向的时候，她被不幸的遗憾攫住了，最后，做出了妥协。尽管如此，导师还是有被《上海媒体报道夜生活的发展趋势研究》这个标题惊到。“蛮朴素的，也蛮特别的。”导师鼓励道。这就等于给了她和立明证件，正大光明地在一起。

上海媒体，当时有固定版面报道夜生活的有几十家。最纯粹的是两本中文DM:《生活在high》和《Buzz八夜》（都已停刊），广告以洋酒品牌和酒吧活动为主。英文杂志:《That’s Shanghai》《TimeOut Shanghai》《City Weekend》以及《Shanghai Talk》（发行量都锐减到几乎消失）最受欢迎。网站方面，本地人倾向shanghaining，老外只用SmartShanghai。此外，还有一堆城市类、风尚类、潮流类的画报杂志（或已停刊，或已取消相关版面）。

这些名字，Eleven几乎都有人脉。纬静还记得，酒吧当时做一场活动，公关手里的媒体名单要两三张A4纸，每页十几条，每条两个签名栏:编辑记者、摄影摄像。

立明总是贴在她左右。通常，他们的夜生活是从大时代广场（如今的连卡佛）开始的。在葡京或者其他餐厅用一顿并不简单的简餐，然后上到万裕，看七点多的那场电影，散场近十点，逛淮海路，一站路的距离，就到了DKD；照例，Eleven正和姑娘们拼酒，纬静会点上一杯加冰块的Cointreau（销魂的橘皮香，立明送过一大瓶，是她泡咖啡的伴侣之一）；他们会赶在911路（曾经是上海最后一条双层巴士公交线路）停运之前暂时离开，去别处调研，开在防空洞的C’s Pub，见证了她吐的第一轮烟圈，撤离幸福路之前的LOgO，给了她一次被摇滚乐手搭讪的奇遇，他们还去过百乐门，有一阶段，台湾商人把这里改造成了Club，狂乱的红绿激光，喧闹的嘻哈说唱，一切都在和经典、圣地、怀旧这些词汇道别。

这样好吗？某晚，纬静问立明：

“你对未来有什么规划吗？”

“规划？”立明不懂她问的是什么。如果是工作，那很简单，编辑，资深编辑，老编辑，退休；如果是人生，那更简单——说着，他用双臂替纬静的腰肢围一个唇型的环护。纬静怕他求婚，伸手封他的口。两个人四目对峙，立明的嘴唇少许偏斜，仿佛边路的一次突破，把正面防守甩在脑后。她放弃了，闭上双眼。双层巴士停了，楼下的车门啪嗒啪嗒，开了又关。

纬静的论文后来得了 A-。私底下，导师夸奖她，说她的田野调查是博士论文一级的，但是审题能力还不及初中生。怎么可能呢？她会不明白，自己的论文严重偏题，她会不明白，自己真正想写的是什么。为了不为难自己，她写了两篇论文，把大的那篇塞进小的肚子里。

9

纬静的公车堵在路面的时候，立明正在地下挤地铁。为免迟到，他连出租都不敢坐。缩在车厢里面，贴在他背上的姑娘问：“下车吗？”没有空间转身回答，他只好点点头，也问前面：“下车吗？”

静安寺是个大站，所以他是被人潮裹挟着冲撒到了车外。路面上也都是人。等纬静找到立明，见面说的第一句是：

“不好意思迟到了，没想到那么堵。”

立明买了三个套餐。纬静把外套脱在邻座。两人面对面坐下，借着静默，彼此细细打量，献上微笑。

“我以为你这一辈子都不会再联系我了。”

“太夸张了，”立明说，“现在不是又见面了嘛。”

“你这样吧，让我想起你们上海人的一句话，叫——”纬静学讲沪语，“有事有人，无事无人。”

“真这样我们早见面了。因为我总有大堆的麻烦要人帮忙。这次不是听说你们停刊了嘛。我想你大概有空，就……”

“好啊，原来你是在等我失业啊。好救死扶伤对吗？”

立明轻声念纬静的名字，念了两次：“你以前可没这样刻薄。那时的你吧，如果不是一只鸳鸯，起码也是一只鹌鹑，很小巧，很Q的。”

“算了，你还是说我像个鸽子吧。”

两人呵呵笑了，改对付套餐，半小时里，抽空聊点别册修改的事宜。细节临近讲完，立明的电话响了，铃声是萨克斯的冷艳独奏。立明接听，敷衍几句。纬静喝着饮料，等电话一挂，说：

“你变了。”

“我变了？”

“你以前不听爵士的。还有朋克啊，重金属和说唱，这些你都完全不碰的。”

“我也就是多听了一个爵士，其他还是老样子啊。”接着，立明把话题硬扯到下月的一场重要演出，被外滩的意外事故波及，演出场地从黄浦区改到普陀区。还有某位大V的推荐微博。

“真的很滑稽，”立明说，“他总是高屋建瓴地推荐什么，唱片啊，演出啊，小说、电影，什么都有可能被他推荐，前提是保持一定的距离。所以，在他的推荐里，最常出现的就是曾经。我曾经喜欢的乐队，我曾经喜欢的小说。俨然现在已经不喜欢了。”

“大V总是需要姿态的，这就像一件防弹衣。”

“你还记得老徐吗？”立明问，“住在龙华的，以前经常帮我写乐评。我们还去他家玩过，小区特别奢华，有山有水的，我们在他家楼下的草坪上还打过羽毛球。”

“那个胖子？”

“对的，现在更加胖了。几年前，他请我看了一场陈老师的演唱会，就是大舞台的那次，有五次encore的，你肯定也去了吧。”

“我没有去。”

“你居然没去？”立明见她沉默，继续道，“看完演出，有一件事情让我印象很深。老徐对我说，说他觉得很失落，现在有那么多的人为陈老师发疯，他觉得自己被抛弃了。”

“我也有这样的感觉，我记得我最早听陈老师的时候，她的粉丝少得可怜，后来就像吹气球一样，然后你就觉得她不再属于你了，你现在要和几百万人分享她。”

“但是，你还是很喜欢她对吗，还是会听的，对吗？”

“当然，只是没以前那么迷了。”

“所以说呀，我就觉得很荒诞，如果一件事物你曾经很喜欢，时间真的会让它变得没有意义吗？我中学的时候喜欢口水歌，现在还是很喜欢啊，我听到那些经典的旋律，还是会有冲动——”

“人家大V摆姿态，你也在摆姿态。”

“也许吧。”立明说，“我只是觉得，如果什么东西能深深打动你，那是有原因的，为什么要曾经呢？”

“Seven。你说的我都懂。你不用说这些来讨好我。”

“没有没有！我没有别的意思。我说的是一些美学上的感受。”

“Seven。你知道吗，刚开始在你们那实习，我一直以为你是个gay。”

“啊？”立明问道，“为什么啊？”

“我常常远远地看你，感觉有练过肌肉，嘴巴还蛮毒的。最关键的，你的文章特别搞笑，你总是喜欢绕弯子，明明A到B，一条直线就能讲清楚的事情，你偏偏要A到C到D，恨不得到Z，再去找B。”

10

他们还在闲聊。仿佛爵士大师演绎标准曲目，因为是经典，没点个人色彩就站不住，又因为是经典，太放肆会破坏原作的风姿。对白明快地奏响，好些主题重复，好些即兴发挥。立明获悉纬静还没当妈妈，就说起 Eleven 的近况，他那些偶像剧一般的情感纠葛。纬静听清立明在做淘宝，黑胶生意两钻了，就分享自己的创业心路。三四年前，她有感传统媒体快完了，代销起了亲戚种的脐橙，不打蜡，品质佳，加上多年媒体人脉，销路和口碑年年攀升，如今，已经有了个人品牌。

“原来坐我对面的是富婆啊。”立明说。

“瞎说，一年就做一季，发不了财。”

他们议论媒体人改行做小商小贩的趋势，满是自嘲，再漂亮的案例，都被他们说出了《东方 110》的味道。直到纬静的手机响起。电话很长，她的应答极少。趁着机会，立明补了两杯咖啡。

“帮你点了咖啡，”立明对重新落座的纬静说，“我们还是去前面甜品店坐坐吧，这里太吵，东西也少。”

纬静拒绝了，慢条斯理地拆糖包。

“我刚才看你出去打电话，就想起后来我们看电影，经常看到一半就散了。你就像刚才那样，出去接一个电话，然后告诉我，必须回去了。”

她侧过头，眼神恍惚，望着街边。

“是不是又要走了?”立明问。

“没有，我是在找那些老头。不知道等下会不会来?”随后，她回溯那晚的感受，揣测上帝的导演艺术，临了道：

“一开始，我以为那些老头是你叫来的。”

“我还以为是你家劳律师请的打手呢。”

“他也就是图个嘴上痛快，真要动手了顶个屁用。”

“对了，”立明问，“当年他怎么会有我的手机号啊?”

“你还是不信我?”

“我就是信你，所以搞不明白。”

纬静思忖片刻，说：“是 Judy 告诉他的。”

“哪个 Judy 啊?”

“和我一批来实习的，和我同个寝室的。”

“这么说，劳律师认识 Judy。”

纬静索性把话说开了，好些谜团，连环爆破。比如，劳律师的工作如何忙，经常出差；又比如，她当时住的房子不在长寿新村，也不是父亲买的。立明说自己猜到了，因为事情圆不上，推理难免偏激。他们梳理往事，具体到细节，店里渐渐冷清了。

“但是——”立明轻柔地念纬静的名字，“有一件事情我怎么都想不起来了。你还记得我当初是怎么追你的吗?”

“你假公济私呀，约我写了很多采访稿。”

“不是这个，我是说，我是怎么向你表白的。”

结果，谁都说不出来，是什么话，什么举动，什么时间，什么地方，让他们的手牵到一起。

11

次日，立明一大清早就醒了。他平躺着，看看枕边的纬静，小心地摸床头柜的手机。他想确定一下时间。时间还很充裕。于是，他补看昨天夜里的朋友圈，发现大家都在转、都在评论新的善后处理。他点开新闻，读道：

“每位遇难人员家属的救助抚慰金为人民币 80 万元。其中，50 万元为政府救助抚慰金，30 万元为社会帮扶金。”

小津

1

是什么时候呢？他在心里写下这个疑问，自己开始对小津着迷。一切来得是那么突然。再有一周就是春节，他却病倒了。洗菜做饭的时候就觉得不对，浑身发冷，饭吃到一半，他对妻子说：“今天要么你来洗碗，我有点不大适意。”后来，体温计不出所料地超标。

他无力地躺了三天。那天是情人节，他的体温继续过山车，最高破了三十九度。妻子一边骂，一边在 Uber 上叫车。他非要去瑞金医院。妻子觉得附近地段医院就行了。他坚持他的选择，不仅仅是因为那里离母亲家近。

发热急诊就他一个人。他坐在弥散着怪味的过道，等报告，等妻子回来。没有旁人，也没有动静，连照明都是蹩脚恐怖片的感觉。这是一个幽闭、几乎废弃的诊区。蓝色的塑料椅子用开裂纪念上个世纪的喧闹。他懒散地坐着，实在无聊，审视各种让他眩晕的细节，无所谓背后头上倚靠的地方有无病菌，俨然是个禽流感病患。医生并不这样看（后来她终于出现了），至少捏着报告的时候不这样看。她居然没要他吊盐水，甚至连头孢都不肯开："就是普通的流感，回去好好休息。"

"病毒性感冒啊？"晚饭之后，他通过电话听见了岳母的疑虑。妻子因为忙着洗碗用的是免提，不久又传来了岳父的教诲："太平一点，不要传来传去。"他当时躺在床上，头晕目眩，但还是分得清，这话是专门讲给岳母听的。于是，就有了后来春节的小津影展，也即他一个人待在家里，看电脑屏幕上的小津电影。他的心情远比想象中的复杂。他的脸颊有时会悄无声息地挂湿，但更多的，是笑容引起的肌肉挤压。小津的战后电影被他看成了喜剧片。他感受到一种前所未有的温暖，源于剧情的相近、演员的不变，一方面非常熟悉，一方面又很陌生。他的观影经历缺乏这样的导演，即便是单一主题拍六遍的侯麦也显得花心滥情。镜头越是局限在家的内部，心就越是蔓延扩张，包罗万象。

回想这个春节，他真是没出去探望过一个亲戚。他守在家里看电影的时候，妻子随了岳父岳母，七大姑八大姨，行程不绝。唯一例外是大年夜，他彻底退烧后的第三天，人还是很虚，照妻子的讲法："现在是最传染人的时候。"可是，他的父母坚持要来。

吃午饭的时候，他尽量少废话，担心每一次开口都是传播病毒。没人介意。晚上去奶奶家吃年夜饭也是如此。他觉得很奇怪，好些一年才见一面的亲戚，何以如此淡定？有那么几个瞬间，他实在忍不住了，捂嘴转头咳嗽，这些人连一丝不悦或忌惮都不愿给他。这让他想起上周的聚会，台面周围是一年才见一面的大学室友。他左手坐着当年的下铺，不时咳嗽。

“一个多礼拜了，”下铺说，“天天三十八度多，弄得我一点胃口也没。”

“现在呢？”

“现在好了，就是还咳嗽。”

他也没太在意，有吃有喝，有说有笑，正如半个月后的丁畅。到了春天，他俩泡在空荡荡的浴池里，纠结于那顿传播病毒的下午茶。“第二天我就不对了，”丁畅说，连带咳嗽，“浑身发酸，天天夜里发低烧，出虚汗。”

“我是发高烧，”他说，“汗出好就退下来一点，没多少时候，就又上去了。”两人一边看电视下方滚动的新闻条，一边交流病情。明明是被他传染的，丁畅却丝毫没有责怪的意思。偏偏这样，让他心里难受，俨然罪责都是他，都是他，都是他的错。

2

池子里是真没什么人。穿短裤的师傅，步子零碎，操国语，矮身问他："要擦背吗?"他用目光询问丁畅，后者直接回绝。

墙上嵌了四台液晶电视，拼合成一个巨大的整体，却又各自独立，统一在央视十三频道。从他俩入池算起，时间过去了二十多分钟，新闻的内容却未曾改变。美丽的女主持人和隐形的男播音员轮番介绍，探讨足球教育在中国各级学校推进的难题。不久，两位老爷叔一前一后局部遮挡丁畅他们的视线，加入到稀落的观众群体。奚落还在继续。嘴皮子累了，干了，丁畅游向对岸，水顺着肌肉和线条成串坠。丁畅的出浴引发了少数围观。

拖鞋没了。进来之前，丁畅用自己的皮鞋与服务生换了一双拖鞋，这是大浴场的规矩，以前孵混堂就没那么麻烦。此刻，那双肉色的拖鞋失踪了。丁畅赤脚巡了几步，看见一双其他颜色的，套上就走。丁畅娴熟地倒了两杯纯净水，每个一次性纸杯都顶着一种水果。老远，他就看到丁畅小丑一般笑盈盈地逼近自己，感觉对方只要一笑，身上的肌肉就在抖动，然后水果会相继滑落。他不想吃水果，就喝水。水很快就被丁畅饮尽。轮到鸭梨了，丁畅精巧地啃果皮，吐进纸杯，一边问他："所以你长假七天就待在屋里看小津?"

"最近回去也是看小津。"答完，他被一种幸福感攫住了，仿佛成了电影里的角色，正在泡温泉。"最欢喜的就是'秋刀鱼'，有趟我看好以后接下去重放，还看得下去，而且有新的想法。"他想详细展开谈，兴冲冲地转头，于是，看到那只被他拒绝的苹果，落寞地坐在大理石池沿上。

梨吃完了，丁畅打了个饱嗝：“早晓得当初电影节放小津，你就应该跟我一道去。”他表达了遗憾。但是这遗憾并不强烈，或许是因为仰望银幕这样的仪式过于奢侈，转瞬即逝，而现在，他守着硬盘里的蓝光版小津，日夜陪伴，快感被无限延伸。他心里这样安慰自己，嘴上不免要问：“你当初叫我看的是啥片子啊？”

“《东京物语》。”

“哦！我看的第一部小津。我是小年夜吃好夜饭看的，看到后头哭得一天世界。”

“我也就看过这一部小津。”

“蛮好的，作为小津入门来讲是经典。”说着，他继续扮演影评人，展开得头头是道，从独特的镜头语言到传统大家庭的破碎，最后空降在上海这几十年的变迁。“现在的浴场跟老早的混堂，就像现在的小区跟老早的弄堂。本质上的区别是啥？是人的味道。”

“对的对的，”丁畅说着又咳了，“我们九龙路的老房子你去过的呀。”

“去过的。”

“老早我们邻居之间关系好到啥程度？好到我爸爸妈妈打起来了，隔壁邻居的女儿过来劝，劝到后头都跪下来了。”

他们沉默。

“但是我并不认为哦，”他说，“现在传统家庭的破碎单纯是因为动迁。”

“我也不认为是动迁。动迁只是一部分的原因。”

“是矛盾放大的主要原因。我有时候在想，老早住在老房子为啥开心，或许是因为我们是小朋友，除掉读书，无忧无愁。而且小人嘛，不可能像现在那么有心眼，除非是老明显的矛盾。”

他的话让丁畅颇为感慨，引出一些陈年破事。这些破事从未对他提起，尽管他俩是挚友。譬如九龙路的房子，这是单位分给丁畅伯父的，之所以转赠，是因为丁畅的父亲与这位大哥关系很僵，住在山阴路洋房的同一屋檐下，分分钟要反目。在长辈的调解下，双方妥协，于是，丁畅读小学的时候，全家搬到了九龙路的弄堂。父亲抱着被逐出家门的屈辱，断绝了与亲哥哥的往来，只是周末去探望老人。

“一直到一〇年，”丁畅说，“两家人家才重新走动。”

“为啥呢？”他问。

“因为大伯母死掉了。我爸就觉得报应来了，也就不计较了。”

“狠的。”

“是的呀。这种闲话哦，亏他讲得出口。”

他想起丁畅的婚宴，敬酒时突发的争吵，脏字如蚊蝇纠缠，升级到拳脚驱赶。醉醺醺的双方迅速被其他宾客拖出了会场。他回忆那个两三分钟的长镜头，想起自己当年筹划婚礼的时候问过母亲，要不要请阿姨一家，母亲不假思索地反对：“这种野蛮人好叫的啊？万一掀圆台面多少触霉头啊。”这些画面在他的脑海里一闪而过，只字未提。然后，他问丁畅：

“阿爷最近好吗？”

“我阿娘去年没了你晓得吗?”

他当然不晓得。于是，记忆的水龙头自己松了。丁畅说起爷爷的包办婚姻，语调冷峻:“结婚当天哦，阿爷的后娘就候在洞房外头，阿爷死活不肯，后头实在犟不过了，就算了。阿娘总共生了六个小孩。第一个夭折了，所以实际上我爸是老三。”丁畅咳嗽道:“但是阿爷从来没拿阿娘真正当老婆看，两个人就这样过了六十几年，一直到去年阿娘没了。阿爷近两年一直躺在屋里，基本没办法出去。但是那天听到阿娘没了，硬要去医院看她。是我推了阿爷去医院的。他拿了一束玫瑰花，摆在阿娘的胸口。一句话也没讲。我当时就哭了，哭了一塌糊涂。”

说完，丁畅平静得一如池水。他却有点失控。眼球因为洪潮，好似摄影机架在地震中心，整个浴场在晃动，一片朦胧熄灭了各色灯光。“我去上厕所。”说着，他迅速潜入水中，缓慢地游向对岸，不带任何换气，尽可能不制造什么涟漪。

3

他和丁畅聊天的时候，小唐不时朝他们瞟野眼，不仅瞟，还要和小金交流。他嘴里小津小津小个不停，伴着冲浪按摩的激流，这边就有点反应。起初，小金本人也纳闷，他们怎么认识自己?后来，因为听到王家卫什么的，小唐偏向认为他们口中的“小金”是一名电影从业者。

“多数是个演员。”

“卖相肯定赞的。”

小金今年五十五岁，赋闲在家已经好几年了。相熟的，都管这个肥秃叫老金，或者大块头，比如地段医院的蒋医生，见面总要提高嗓门劝说：“大块头啊，你要忌口，特别是香烟，千万要想办法戒掉它。”小金应得爽气，回家照旧污染环境。老婆恨啊，有时气急了，指着那个犹如土豆的秃头咒骂。为此，儿子也就有点惧怕，把小孩丢给丈母娘带。所以，小金有时出去泡澡，家里人都持欢迎态度。仅仅只是欢迎。儿子对混堂这类老式的大众浴室相当反感。“龌龊，乱哄哄的，只有民工才去这种地方。”

儿子当着父亲和父亲朋友的面奚落，挑战他们回溯混堂时的笑容。“我从来没跟我爸单独汏过浴，他基本上是一个人去汏，即便一道去，肯定也是爷爷或者外公带我。”

“不要瞎七搭八，”父亲说，“九五年屋里就装淋浴器了，你那个时候几岁啊，怎么记得清?”

“我记得的呀，”儿子说，“汏浴不要太吓人哦，你像老和尚念经一样，脚盘牢，坐在池底下头，眼睛张得老老大，东看看，西看看，水都要漫到头颈快了。”

“去去去，”父亲驳斥道，“小鬼头懂啥?”

小唐捂嘴痴笑，笑到呛。

那是前年的春分，小金的儿子还没完婚。那天也真是巧。小唐回国还不到一周，听朋友介绍，打出租来这家浴场，没想到邂逅故人。如果不是小金胸口的那条胎记，肯定就缘断今生了，因为记忆里的小金不是肥秃，而是一尊欧式的男神雕塑。

“两个老头子了，还小金小唐，吃不消哦。”儿子吐槽完，起身去冲淋浴，预备等下上三楼放松放松。他们则继续闲聊，聊的都是过去，仿佛身边的水，经不起任何触碰，否则，波纹就一圈追着一圈。

“蛮好，”小唐感叹道，“你现在变徐汇人了。”

“没啊，”小金说，“户口还在巨鹿路啊。”

“巨鹿路不是拆掉变绿地了吗？前两天我还回去过。”

“房子拆掉了，又不影响户口的喽。”

“哦……”小唐说，“等于现在的户籍地址是一块绿地。”

“绿地好啊，空气好。”

“也是……我记得你是八九年开春结的婚。”

“是的呀，”小金说，“后头天一热，你就去美国了。”

“一晃多少年啦。二十四年了。”

他们沉默。

“既然不准备回去了，总归有点打算的喽。”

“打算啊？”小唐说，“我这趟回来发觉天鹅阁没了，还剩的几家做老上海西餐的，味道也偏掉了。”

“是的呀，还记得老早去天鹅阁吃鸡丝焗面，这个味道啊。”

“所以我打算开一爿餐厅，专门做老上海西餐。”

“哦哟，我劝你还是省省吧。现在老上海西餐没人吃的。进贤路上就有一家，生意大灵不灵的，都是我们这种年纪的去捧场。”

“有了喽？”小唐说，“那么明天去吃吃看。”

“不要抱太大的希望。”

“那么就是味道不正宗喽。”

“正宗？”小金问，“现在有啥是正宗的啊？”

“那么混堂呢？稍许正宗点的老式混堂还有吗？”

“好像还有一家。听人家讲起过的，在老南市还有一家。我回去帮你问问看哦。”

聊到后来，小唐有点怀旧，提出去休闲区眯一会儿，泡杯咖啡。小金拒绝了，说现在的休闲区不比当年，一张一张的床，连成片，大家平躺着，热毛巾擦擦，山海经谈谈。“现在变网吧了，不是我们这种年纪去的。”说到激动处，小金不停咳嗽。不过，他们还是去了，就像来这洗澡的其他男性一样，洗完了都要上去，穿着浴场提供的简陋衣裤。

二楼入口临近桌球房，漂亮的台子，宁静地沐浴着暗色。迎宾的女士冲他们微笑：“餐厅还没到营业时间，休闲请到三楼。”他们继续走楼梯，遭遇不少烟枪，因为禁烟，被迫在过道解决生理需要。“休息对吗？”三楼又一位女士冲他们微笑，引他们进到一个黑漆漆的巨型空间。仅有的星火来自液晶屏，由于角度问题，亮度有限，无法燎原。小唐的视线被一张又一张的床铺所吸引。那些特殊构成的床铺，仿佛出自医院的牙科诊室，上面架了好些设备。液晶屏一目了然，好像还有遥控器，被斜躺着的浴客捏在手里。“人山人海嘛。”小唐嘀咕道。那情景好似把一个礼拜的牙病患者推到大厂房，集中治疗。这地方好像不适合自己。就在小唐犹豫的当口，小唐看到有些床上，确切地说，是有些浴客的身上还跪着按摩女郎。于是，犹如画面倒带一般，他们原路折返，剥光自己，把衣裤交还服务员，泡到池子里，点评眼下的空空荡荡。变化还是有的，好歹小唐点评的时候不再为浴场的经营担忧。

一周之后，他们抱着被时代淘汰的落寞，抱着毛巾和拖鞋，摸到了乐清浴室，传说中上海最后的混堂。他们打车去追梦。车子提前停在陆家浜路跨龙路口。小唐跑了一趟银行，转移现金，皮夹只留两百块钱，外加一点美金小票。印象中的混堂，衣物脱下是没有箱子寄存的，包卷整饬，用木头叉子举到悬顶。这一举，一路折磨着小唐，后来，被证实是多此一举。叉子还在，不过传统已废弃，带锁的木箱子严重霉潮，脏得小唐都不敢脱衣服。小唐把橙红色的板材眼镜也摘了，裸眼进去。浴室里不是干瘪的老头，就是灰头土脸的中年民工，没有“鲜肉”，“咸肉”倒不少。大家都在抽烟，正大光明地抽，他们也就躺在床上一起污染空气。小金是边污染边咳嗽。

“老慢支了，不要紧的。”

“那么就少吃两根，”小唐吐烟圈，说，“我记得你老早不吃的呀。”

“结婚以后吃的。你呢？我记得老早也不吃的呀。”

“在曼哈顿的酒吧里吃白相，吃到后头吃上瘾了。”小唐说的时候想起几天前去的那家特色酒吧。那天，小唐考察了小金推荐的西餐厅。小唐没叫小金，只约了几个新朋友。等的过程中，小唐翻看餐厅展示的几本读物，有一本是英文的都市指南杂志，有专门的版面，刊登小唐感兴趣的内容。当晚，小唐选择单刀赴会。那是一个美妙的夜晚，总共消费了七杯鸡尾酒，有四杯是 Eddy 喝的。这个号称来自台中的帅小伙，穿着紧身款的 GL Heart，说的普通话犹如出自一张含了橄榄的樱桃小嘴。“为什么要回来呢?” Eddy 问。小唐闷头饮酒，又叫了两杯彩虹。藏在空气里的男声唱道：

“It’s a cruel world. We’ve so much to lose……Take care my love, he said. You have been loved.”

“因为我在纽约看了一出戏，”小唐看着杯中变幻的色彩，“是一出昆曲。”

“昆曲?”

“关键不是昆曲。关键是青春版。”

“青春版?”

“就是很烂的戏，然后找了两个很漂亮的演员来演。”

“哦，我懂了，就是偶像剧呀。”

“偶像剧?”

“就是很烂的戏，然后找了很漂亮的帅哥来演。”

“看样子我应该去找点偶像剧看看。”

他们干杯，理解万岁。Eddy 接着又问小唐，在纽约住了那么久，一定有不少相好吧。这个问题后来也被小金提起，不过更加露骨。当时他们躺在乐清浴室，抽香烟。

“我倒是一直想结婚的，”小唐说，“不过人家不肯。”

“为啥呢？”

“贪白相呀，年纪轻，白相心思重。后头嘛，后头就给我戴绿帽子了。”

“哎哟，”小金感叹道，“美国女人狠的。”

“不是美国人，是个日本人。”

“日本女的照道理应该蛮服帖的呀。”

“绿帽子不是一顶两顶。是一打两打。”小唐抽烟，说：“后头我就重新寻了一个，是个波兰移民，卖相老嗲的。再后来嘛，就又‘外插花’了。我也就想通了。既然大家都是白相相的心态，我太顶真了就变戆大了。”小唐一边轻声糟践自己，一边打量眼前这些老头子。居然有人双腿趴开，赤条条剥香蕉吃，还有人托服务员买了一客盒饭，吃得声色犬马。这些人聊的也都是动迁啊，遗产啊，股票啊等等破事，不然就是谁家的狗走失了，谁家的儿女结婚了，谁家怎么偷电偷煤气。真是一刻都不想再逗留。完全是阶级矛盾。

小唐深感疑惑。青春是什么？青春是刚上市的蚕豆，蚕豆开花黑眼睛。自己在美国想通的事情，现在开了裂，蒙了灰。本世纪初有过类似的惶惑，对背井离乡的选择满是质疑。

他们再也没去过乐清浴室，尽管老式混堂有他们熟悉的休闲室。他们试着与记忆保持距离，安心泡在新派的大浴场里，空荡荡的大池子，而非黑黢黢的三楼包房。一两个礼拜为间隔，浸在水里面，他们聊天，喝罐装饮料，享受按摩的激流，一边监视那个角落。所有浴客都会去那里，把自己擦干，换上轻薄的内衣内裤，去楼上找乐子。他们这样专注于监视，仿佛每个浴客都是熟人，或者正在鉴别，是否熟人。

4

临近四点，他对丁畅说："差不多了，我要回去烧饭了。"他们游向对岸，起身去冲淋浴，随后，重回小唐的视野。小唐失算了，两位年轻人并没有接过服务员递的衣裤，而是赤裸裸回了更衣室。

"少见的。"小唐喝一口罐装咖啡。小金没有搭腔。年初刚经历了丧父之痛，小金的情绪不算太高，自春节以来，这还是头一回和小唐见面。狂野是老头子留给小唐的唯一印象。目睹两位有趣的年轻人就这样消失了，有一位还留着络腮胡，小唐突然很想聊聊老头子。

"我记得初中，有趟你从生煎店里出来，正好被他看见，当场就是一记大头耳光。"

"实际上我又没吃喽，"小金咳嗽道，"我就是为了抄近路，从店面穿过。"

"老一辈的有时候真心是不讲道理。再加上一副邋遢胡子。不过现在想想，这种顶真的人也是越来越少了。"

小金缄默。小唐就关心起小金的老婆孩子，甚至媳妇孙子，是否在饮食上也那么讲究。

"啥人管啊？年纪大了就管不动了。我是从来没管过。"

"儿子从小你就没管过？"

"管他做啥？"小金说，仿佛是嫌自己的话表达得不够清晰，他补充道："回来也两年多了，有啥打算啦？"

"打算啊。打算开一爿酒吧。"

"你倒是把老外的腔调都带回来了，"小金说，"要么等酒吧开了，请我去做Boy。"

"开啥玩笑。"小唐微笑地审视身旁的胖子，"Boy！保安还差不多。"

"保安太吃力了，"小金咳嗽，"帮我寻个吧台坐坐的工作。"

"要么你来当股东。"

"这倒是可以考虑的。"小金咳嗽，说："今天滑稽了，早上我去阳台上，看见我养的两只土豆重新开花了。"

"啥？土豆会开花？"

"花还蛮漂亮的。紫荧荧的，芯子是橘黄颜色的，花苞有十几朵。"

"只看见过土豆发芽，没听说过土豆开花的，"小唐说，"养了多少时间啊？"

“老头子走掉以后养的，现在七七也过掉了……之前看见两只土豆发芽就预备扔掉了，结果忘记了，藤都生出来了。我就拿它摆到老婆养水仙花的盆子里，浸在水里，浸发浸发浸出花头来了。”

“那么侬是啥辰光意识到开花了呢?”

“昨日早上，”小金咳嗽，“结果夜里回去再一看，花都谢掉了。没想到今天又开了。”小唐不语。许久之后，小金问：“小唐啊……侬是啥辰光开始欢喜我的啊?”

“侬讲啥?”小唐不敢相信，扭头端详这个正在咳嗽的秃子。

“我讲，侬是啥辰光开始欢喜我的?”

鬼恋

上海有四十五条公交夜宵线，四条以汉字命名，其他的都是阿拉伯数字，都是三位数，都以数字“3”打头。从“301”到“341”，这三个规矩沿用至今，雷打不动。

在开夜宵车之前，老龚开的是“110”。熟悉宝山闸北一带的都拎得清，但是，总有些乘客怀疑他开的是警车“110”：

“喂，司机，还不开啊?”

老龚不响，看窗门外头。五点钟刚过，因为隆冬，路灯已经亮了。学生们在吃油炸烧烤一类的路边摊，成年人更加忙，耳朵里塞着耳机，男的大多在抽烟，女的一面看手机上的节目，一面抬抬头，望望车子到了吗。烧烤摊贩的扇子刮起迷雾，人与车的各种运动带来无穷尽的声浪。还能听见一点外地口音，堵在地铁出口的天桥下头，像唱诗班，介绍一个新开的楼盘，下来一个人就塞一张传单。

“喂，司机，什么意思啦，等了多少时间啦。”

“调头车。”温吞水般的回答就一句。老龚托牢下巴，仍旧朝外头打野眼。他走神的时候，秒针开心死了，拼了老命逃。男乘客吼了，以为老龚是郊区某一种公交车司机，收入跟乘客的多少挂靠，所以存心停着拉客。这位乘客的嘴巴实在龌龊，站在前门的一位阿姨听不下去了，解释这班车次的特别。她的声音就像内心独白，远远不如男乘客的手机铃声响，更加不能和他接电话的气势比：“快了，快了，上 110 了……我晓得，我晓得……碰着一个戆卵司机，就是不肯开……”

车开了。两站路后，男乘客从前门下去。车子重新启动，阿姨的喉咙通畅了，和老龚抱怨刚下车的素质差。

“习惯了。”老龚回答的时候，有一种轻快的舒适。他心里明白，今天的难关算是过掉了。

那几年，老龚只开 110 在高峰时段的短驳车。上海人管这种车次叫高峰调头车。每天下半日的四点三刻，他从一二八纪念路的终点站发车，彭浦新村地铁站调头。空空荡荡的车子，兜个弧度，冲进地铁一号出口下头的公交枢纽。一点乘客被吸了过去。有经验的，光光看见是大转弯过来的公交车，就晓得是 110，因为其他的都是从共和新路笔笔直过来，只有 110 的路线是弯的。更加有经验的，晓得这是调头车，要是赶时间，就再等等，新的一班马上进站。不过，还是有蛮多人欢喜乘老龚的车子，抢个位子坐下来。老龚会尽量停得靠前一点，这个站头共总十三条线路，照规矩，他的车子要接两个班次的地铁，朝前靠，对其他车子的影响小一点。

真的，第一圈是顶顶难开的。五点头上，还没到地铁真正的高峰，要到第二趟调头，车子七绕八弯钻进来，差不多一班地铁下来的人就能把它撑爆掉。这个时候，老龚会丢掉规矩，顺了大家的心意，踩油门。

每天开三圈，差不多两个半钟头，做五休二，工资到手三千多。这点钞票，根本不够小青年开销。所以开高峰调头车的，一般是五十五岁朝上，等退休的老男人，或是家里有困难，退休了还来扒分的老头子。老龚属于特殊情况，他有家底，拿不拿工资，影响有限。他后头改开夜宵车也是别的原因。工资多一点，工时差不多，夜班伤身体，正常人不肯做。

还记得第一次跟她搭腔，应该是今年的惊蛰。那天一路绿灯，到D站的时候，比牌子上印的时刻早了两分钟。乘过夜宵车的都晓得，这是最守规矩的交通工具，每一班，每一站，时间定死，司机就有这个本事，讲到做到，比飞机、火车的野鸡时刻表准多了。所以，这些老乘客，就怕车子早到，迟到点倒是无所谓；所以，那天车门刚刚关上，就听见巴士的屁股乓乓响，后视镜里，一个姑娘由小变大。老龚重新开门，姑娘的高跟鞋啪嗒啪嗒踩上来，气都接不上来："师……傅……再等等。"右手抓牢投币箱的护杆，左手招呼外头：

"快点，快点。"

老龚没办法，只好等，等的过程，望到姑娘的右手套了一个塑料袋，有肯德基的图标。此地是上海顶有名的两条商业街之一，凌晨一点钟已经敲过，马路上还不太平，一对吃饱老酒的摩登鸳鸯，勾肩搭背，跌跌撞撞，哇啦哇啦。站头旁边靠了一排出租车，绿荧荧的空车标志，像一顶一顶绿帽子。

看到朋友们差不多了，她才刷卡上车。一个月来，她总归是坐在后半节车厢。不过姑娘这趟选了前门口的一排三联座，还是最前头、朝向老龚的那个位子。“都怪阿桂，”在她之后上车的说，“吃什么鸡啊，差点赶死老娘我。”“如果没赶上就只好打车了，”最后上的说，“我是不愿意再等四十分钟了，反正叫阿桂买单。”

阿桂没意见，拍拍大腿旁边的空座，请她们坐过来。两个时髦姑娘不睬她，朝里走的时候，车子发动了。中门右边，垃圾桶前头的单人座位，仍旧是个抱乐器的人。老龚只要开这班车，就会在C站上来一个小伙子，披头散发，抱了一把琴，在D站上来起码三个小姑娘，打扮得花俏。这附近多的是酒吧会所，老龚大概猜得出她们的工作，不过，他完全没猜着阿桂会来搭讪。

“师傅啊，”阿桂问，一面在吮鸡，“你们开夜宵车的，好像，都是男司机哦，岁数还都蛮大的。”

“小青年夜里要谈朋友，谁肯做啊？”

“有女司机吗？”

“你看看现在还在跑的差头，有女人开吗？”

“没有吧，有女司机的，我以前下班打车碰到过的。”

“那是崇明人，”老龚把车停进站，“只有崇明来的女人深更半夜还开差头。”

他们就这样兜起了牛皮。以前有人售票的时代，这种戏码每日在上海的角角落落，颠来倒去地演：从终点站刚刚开出或者快要回来的公交车，卖票员（多数是女的）捏着块木板，上面夹几叠票子，胸口挂只破破烂烂的包，就坐在阿桂的位子上，天南地北拉着司机吹，等乘客多了，多到忙不过来，她们才回到正经的位子。

慢慢地，阿桂和老龚交了朋友。是朋友，就该有朋友的特权。老龚对阿桂叫他“师傅”表示抗议：“我姓龚，你还是叫我老龚吧。”“老公？”阿桂呵呵不敢相信，“师傅啊，你也太会吃人家豆腐了，你们单位的女同事你也要她们叫你老公吗？”

“没有，没有，我们队里都是男的。”

“是吗？那你们也太重口味了。”

老龚不响，想想好笑：“他们叫我‘老军’，上海话的‘龚’不读‘公’，读‘军’。”就这样，阿桂满足了他，改叫他“老军”。老龚觉得蛮好，有这样一个朋友，开夜车也多了一点奔头。他们也不是天天碰头，老龚做一休一，阿桂号称在酒吧打工，没休息，实际上每个月总归有个把礼拜看不见。赶上这段时间，老龚就像少吃一顿饭，一面捏方向盘，一面想，她在做啥？在啥地方？想归想，老龚从来没多过嘴，倒是多了不少同情。反正嘛，再撑几日，等过了凌晨，就又碰头了。

凌晨的终点站，调度室就像夜宵车，在一到两个人之间兜圈子。茶泡好，老龚望望墙上的钟，歌唱唱。调度员转身看他，像碰着了鬼："你最近怎么搞的啊，中着彩票啦?"老龚不睬他，等过了十二点五十分，笃悠悠，上车子。开始几站，他开得比较慢，要到D站阿桂上来，才恢复正常，而且越开越快。一个月后，速度降了下来，阿桂想不通了：

"老军，最近你怎么越开越慢啊。"

"安全第一。"老龚别转头，朝阿桂笑笑。为了证明决策英明，他又讲起自己唯一一趟的撞人经历："她就这样撞过来了，刹车也来不及……当时站台上停满了车子，我记得前面是一部46路……到处是人呀，当中还隔了一条非机动车道……她那么急做啥？真正是神经病，下班回去呀，又不是赶投胎。"照老龚的讲法，改开夜宵车完全是因为这次事故。情节阿桂虽然清楚，但比起上趟，这趟多了细节。比方讲46路，一条她从来没乘过，也没见过，但是印象深刻的公交线路。老龚刚出道的时候，开的就是46路。他说起过，从46路辞职改开差头，部分原因是想改善生活。为了开差头，老龚没少通路子。那个年代，差头司机跟空姐是一个概念，门当户对。"我最早开夏利车，起步费是十块八角，"老龚说，"苦是真苦，夜里也开，不过一个月赚几千块不成问题。你要晓得，当时老百姓的工资多少啊，几百块钱呀。"问题是，到了新世纪，老龚的收入原地踏步，职业病倒日积夜多。形势不对，明摆着开公交省心，他就想回去。所幸各个车队闹工荒，够他捡捡挑挑。

岁数嘛一把了，开调头车照道理是适宜的，没想到天天被乘客骂，吃足了冤枉官司。阿桂劝他："都过去了，现在不是挺好的嘛，开夜宵车就像开赛车。"老龚不响。

"对了，老军啊，你有微信吗？"有一夜，阿桂想加他到朋友圈。当时，他们在现实世界里互粉才几个礼拜。微信是啥？老龚不懂。阿桂解释了半天，他只是听命掏出手机——诺基亚的低能机，还是黑白屏幕，阿桂放弃了。"我开慢点就是了，反正保证你乘得上。"她听完，嘿嘿笑，也不还手机，自说自话，拨自己的电话："好了，这样你就有我的号码了。"

老龚后头还是装了微信。阿桂换了白框的红米手机，就把淘汰掉的联想给老龚用。老龚不好意思，横竖要塞钞票，阿桂不肯收，车子慢吞吞地晃，再争要争出事体了。所以就变成一场饭局。夜宵是肯定指望不上，中饭嘛不一定起得来，只好敲定晚饭。"蛮好的，"老龚讲，"你吃好嘛，正好去上班。我还要社会上晃晃。要不，我去你的酒吧坐坐吧。"听她没反应，老龚趁红灯，别转身来："不是要白吃你的，我自己买单。"又问点一杯酒水五十块够吗。

"不太方便，老军。"阿桂表态了。一段沉默，她解释道："我们店里对员工特别严，你来了，我肯定得照顾你。被领导看到，就倒霉了——要不这样吧，老军，如果你很想泡吧，咱们改日另找一家，我陪你好好喝一杯。"

"不要紧的。"老龚安慰她，讲自己泡吧是假，无非是想消磨消磨时间，再看看她上班的地方。“你天天来我这里视察工作，就不准我去你那里调研吗？”他自认为笑话讲得噱，放慢车速，好像要给足她笑的时间。于是，红灯顺利翻起，车子规规矩矩停在路口。

穿过马路，阿桂就要下车了。还有她的小姐妹。这是一个大站，好比人民广场之于一号线，上上下下，热闹得很。很多人在这里拼车，比如阿桂她们，自然，就有很多黑车蹲点。“去梅陇的有吗？”“有没有去莘庄的？”司机靠在门上，兜生意，跟乘客谈价钱，谈僵了，大眼瞪小眼。路灯昏暗，照黄一张张焦虑的面孔。老龚只晓得阿桂住在上师大附近，另外两个住田林新村。为啥不住一道呢，借一套大房子。车上不方便问，平常见不着，专门打电话发短信去问这个，要么是十三点。

阿桂也有想问的。从上车到下车，两个人在一道的时间平均是二十分钟，有对话的顶多一刻钟。一刻钟里，对付一个不想回答的问题，有的是办法。有一夜，老龚讲起队里的调度员“淡馒头”，欢喜带两个淡馒头当消夜。他老婆在大学的食堂上班，卖剩的点心都带回来。“老军啊，”阿桂打断道，“你老婆是干什么的？”

“我？”老龚想了又想，“我没有老婆。”

“不会吧，你都快五十了，还在打光棍啊。”

老龚没话了。乘客虽然少，好坏有十几双耳朵，阿桂喉咙那么响，他只有冷处理：“老早就离掉了。”阿桂有点不好意思，当然了，即便她再挖下去，也是空心汤团一只。个中曲折，在老龚住的弄堂、之前的单位，曾经家喻户晓。那是一九八八年的秋天，老龚的老婆生了一个儿子。小孩生出来就墨墨黑，像非洲人。实际上，他的确是非洲混血。老龚想不通啊，这顶绿帽子是怎么扣的？老婆上路，一五一十讲清楚。她跟一个南非的留学生要好，好了一年多。她打算出国，就像圈子里那些朋友，去美国，去日本。非洲虽然穷，但是南非好啊，讲英文的，有金矿，出钻石，往后的日子，她满心期许。离婚是解套，皆大欢喜，老婆小孩后来啥情况，老龚不晓得，但是明星的日子，他算是尝着了。一个人走在弄堂里，头低点，等于承认错误，头高点，就是不要面皮。平视最招蚊子苍蝇，反正下巴头颈成啥角度，横竖是被人家牵头皮。越这样，越有人起劲，要当他的红娘："阿平！阿平！"老龚看看逃不掉，就停下来："屠阿姨，找我？"

"不找你找谁啊？"

"什么事啊？"

"什么事？"阿姨咯咯笑，"好事呀，帮你介绍女朋友。"

老龚头大了，总归是寻理由开溜。时间长了，各种姑娘，花好稻好，他全当耳旁风。

不可能不孤独。特别是爹娘故世以后，家里就剩他一个。阿姐阿哥一直欠走动，子女就更加不谈了。近两年突然抽风一样，外甥外甥女排队来报到，带了小囡："叫舅公呀，"小囡不睬他，"叫舅公呀，叫呀，叫呀，叫呀。"小囡吓得嚎嚎哭。只好舅公来劝，红包总要意思意思。啥舅公，无非是一套房子，几张存折。

对于子女，老龚历来就没好面色。两楼老早住了个老先生，启东人，解放前在银行里做，欢喜听时代曲。据说收了几箱胶木唱片，连带唱机，后来全部自家烧了精光。老龚当时还小。到了八十年代，老先生跑旧货市场，一点一点过回老早的日子。结婚之前，老龚最开心的就是去这个孤老头屋里听唱片。他最推崇白光，讲她是时代曲的标杆，顶级唱功；周璇像某种饭店，菜色丰富而新鲜，但是大菜师傅的本事一般；吴莺音排第三，鼻音重，音域广，风格鲜明，歌的质地也好。直到今天，老龚还记得学生腔的自己，靠椅上坐落。房间不小，就他们两个人，老头子讲讲来劲，指东划西，唾液乱喷，就差一把折扇、一方响木。到了八七年冬天，身体不行了，承诺等到百年之后，唱片统统送给老龚。没想到，几个月后，倒是老龚住进了医院。所谓医院，是学堂改的，八八年上海爆发肝炎，床位紧张，教室里塞满了病人。等到出院，他才晓得老先生已经死了半个月。子女从启东过来料理后事，一家一当，卖的卖，扔的扔，无影无踪。老龚气疯了，差点住回医院。

从头开始，一张一张补，只要唱片在转，房间里响起沙沙的时代曲，老龚就觉得楼下的魂灵来了，他并不孤单。最近，这种私密的享受有了新搭子。老龚得了智能手机，学民工的样，拿手机当无线电。阿桂帮他买了张 SD 卡，装满了上海老歌。七八十年之前的旋律，在暗黜黜的夜宵车里飘，像一阵迷魂香。“这不是口香糖的广告歌吗？”听见白光的《如果没有你》，阿桂叫了。

“我帮你下的时候还听了几首，觉得好难听啊，”阿桂又讲，

"不知道为什么，在你的车上听，好像有点意思。""什么意思呢?"老龚想说这是因为夜太黑，一个人静下来，多了点耐心，去体会。他没开口，不舍得破坏气氛。

或许，她是个"弹性女儿"——老龚想起老先生对舞女的称呼。老上海有部电影叫这个名字，讲三个舞女的悲欢离合。老龚没看过，歌倒听过，印象深的是插曲，刘雪庵写的《双双燕》，他的成名曲，两年以后，《何日君再来》让他红透上海滩。

为了印证自己的想法，老龚请了私家侦探。有些话讲不出口，就请他调查阿桂的住址。侦探是个极品，查了半天，只查到阿桂单位的情况。冲了一叠照片，老龚捏在手里，半天没声音。一切照旧。夜宵车的照明设备仍旧在进站出站当中打开。对老龚来讲，检查报告还没重要到让他拒绝光束下的阿桂。别的司机偷懒，甚至于从头到尾开暗车。老龚不会，他有他的坚持。

今年的夏天看不懂：最高只有三十六度，八月中旬已经好穿长袖子了，还倒黄梅，落了大半礼拜的长脚雨。车灯扫过，雨线变成无数支箭，射在被路灯染黄的地面，老龚不敢开快车，声音也少了。闲话总有讲光的一刻，给阿桂的水果总有吃腻的一天。或许是实在看不下去，阿桂的小姐妹有一个选择了自动消失。这对阿桂是个打击。看她的朋友圈，有段时间天天在祈福。姑娘好像是生了啥大毛病，不光辞职，还回了老家休养。

"老军啊，"阿桂把脑袋靠在铁杆上，"有时候想想，真是没意思啊，辛辛苦苦赚点钱，可能还不够你看病花的，就算钱花了，还未必能看得好。”

“你就是太辛苦了。其实你一个小姑娘，没必要那么拼。最好是换一份白天的工作。”

“我还小姑娘啊，我都三十多了……那你呢？你就不拼吗？”

“我不一样，如果不是因为你，我早就回家睡觉了。”现在想想，这是老龚唯一的表白，但是他马上就调转枪头：“我是真心拿你当朋友，听我一句劝，快点换个工作吧。”

那几天，阿桂跟老龚就在这上面绕。最后，老龚也嫌烦，就盯着她，提醒她——还欠她一顿饭。她同意了。可是去哪里吃呢？她报了敦煌楼。老龚非常开心，不光因为他是敦煌楼的老吃客。这是甘肃办事处开的一家清真餐厅，一楼传统西北面食，楼上有炒菜，一层一层升级。据说菜式挺括，老龚一直想吃，从来凑不到人。那天下午落了雷暴雨，就这种天气，二三四楼还爆满。老龚建议换一家，最好是幽静清爽的包房，毕竟，这是他头一趟抛开工作，面对面跟阿桂坐下来。阿桂不肯，坚持要吃此地的拉面。

敦煌楼的兰州拉面，未必能跟兰州的别苗头，但是在上海，绝对顶级。面的身材有八种选择，牛肉是一块一块实打实，端上来，讲究一清两白三红四绿五香：清汤，没咖喱；白是萝卜，薄薄的浸在汤里；红是辣油，以前根本不加；绿是葱花香菜，撒得漂亮；香是吃口，还有回味。老龚历来是宽面的粉丝，不过阿桂点了细面，他想当然地跟进。除掉拉面，老龚还要了手抓羊肉、酿皮、鹿角菜，甜醅和灰豆算是甜品。两个人白板对红中，坐在楼梯口数下来的第二张台子。阿桂的情绪比想象的要低落，老龚独脚戏唱到倒胃口，一直到“他”登台。

“老军，你快看那个男的。”经过阿桂的指挥，老龚转身看到一个三口之家。爸爸样子的，一手牵个女人，一手搭在小胖墩的脑门上。如果讲他们是父子，那当爸爸的实在太失败了，完全不像嘛。老龚再看女人的长相，毫无疑问，绝对是妈妈。

“他以前超级帅，比现在瘦。”

“你认识他？”老龚回头再补了一眼，“男朋友？”

“真要是就好了——”阿桂话没讲完，眼看着小家庭上了楼梯。“上去了……”阿桂的嘴张着，“看来他们也是来吃炒菜的。”老龚心里不爽，抓块羊肉啃。“他以前是演员。”阿桂说，随即问老龚是否看过上世纪八十年代末开播的一部都市青春剧。

“没看过。”

阿桂又抛出一个剧名，问他看没看过。

老龚不晓得怎么回答。是书是电影还是电视剧？阿桂就解释，他是谁，演过谁，为啥出国，做啥生意。噜嗦到一半，那一家子人灰头土脸下来了。她看着他们商量，坐进角落，男的去收银台点单，再继续噜嗦。那部都市青春剧是她读书时的热门电视，就像《西游记》一样暑假必放。“老军，我想和他拍个照，”阿桂摸出白色红米，“等下就靠你了。”不过她一直没动，戆嗦嗦地，盯着看，看他吃面，吃羊肉，摸儿子的头。她讲了好多，学生时代的故事，对上海的期许，总而言之，或许他目前极平凡，但是这样碰头，让她开心，看见过去的自己。

阿桂还是没行动。等到人家起身开路，阿桂还问老龚："要不我现在上去拦住他?"老龚想不通，一个爽气的姑娘哪能会变得犹豫不决，就追了出去。"老军，"阿桂叫他，"算了吧，算了。"

秋天就这样煞风景地翻过去。老龚还记得那天他跑到阿桂的单位，被一个骚女人拦下来。他的打扮，一看就不是来消费的，还点名要阿桂。他亮出一叠钞票，算是拿了通行证。滑稽的是，临到阿桂快出来，他倒开溜了。他在D站上了与自己开的夜宵线路线相同的公交车，乘到终点站，再乘回来。不晓得哪根筋搭错，他提早下车。斜对过就是平常阿桂上车的地方。商铺商场刚刚打烊，站头上拥满了人。老龚横穿马路，挤进佝头缩颈的乘客堆里。抖抖豁豁的一双双脚，大大小小、朝手心哈热气的嘴巴；站牌旁边的屏幕在打篮球，是火箭对活塞的比赛。哈登带球突破，林书豪、帕森斯拉边，三秒区里，卡位的是阿西克。画面有点卡，还是静音。"去年的比赛嘛，"旁边的爷叔在解说，"人都换掉了，现在只剩哈登了。"老龚不懂，看看表，时间宽裕。要么就这样走过去？他盘算着。一阵风刮过来，面皮上毛刺刺、干呼呼。老远，一个人地上平躺，像讨饭的，又不像。一身红衣裳实在奇怪，路过的人，低头回头，看上了瘾。老龚也去凑热闹，居然是圣诞老人，一般商场做活动用的模特，不晓得是被风推倒的，还是被店家抛弃，倒在地上，一动不动。

"朋友怎么了，面色不对嘛。"调度员看老龚来了，寻他开心。

包一摔，老龚直接去上厕所。

这天一开始的几站，老龚开得比较慢，到了D站，上来几个乘客，独缺阿桂。阿桂人呢？连个影子都没。他真正搞不懂，怀疑，或者讲是担心，怕她出事。车子没头没尾干停着，大门敞开，车厢里的热气都跑掉了，有乘客发闲话："喂，司机，还不开啊？"是一个极苍老的声音。老龚别过头来。这个老浜瓜是啥时候上来的？完全没印象。再望望窗外头，天墨墨黑，站头上空空落落。好坏车子还是启动了。脑子里一片糨糊，平白无故兜起一段旋律，没等哼两句，屁股后头传来笛子帮钢琴的搭配，倒像是伴奏。非常蹩脚的音响，太沙太轻，混在空调的轰轰里，老龚只当是幻听，专心开车子——"夜色茫茫，罩四周，天边新月如钩。"鼻音很重的女声——没错，是的——老龚完全失控了，急急回头，满面的惊色。

秋葵

初一的时候，她的户口被亲戚从东北迁到上海，但是她并没有像多数的知青子女那样，有没有户口，都盼着回家乡，接受理想的教育。她的父亲是一位大学教授，母亲在高中教语文。她之所以会在高二那年才回上海，一是因为高考的户籍问题，二，也是最关键的，父亲年近退休，母亲尽管不肯离开家乡，好歹叶落归根是他的心愿——“让女儿打个头阵吧，自己回来会便利一些。”几年前，他是这样想的。父亲是长子，弟弟妹妹们打电话商量，老人的赡养不能脱手，他思忖半天，替女儿做了决定。这件事后来成了罗生门：迁户口是回沪养老的铺垫？养老是户籍调动后的妥协？因和果，早已漫漶。

偶尔，亲戚当着她的面邀功，当年如何跑街道跑里委，想尽办法把她从乡下救出来——说着说着，还总要追抚一下那时的上海，房价奇低。她听完只是微笑。一年难得聚一回，大过年的，不该扫兴。于是，每每他们关心她的工作、她的生活，她总是相当配合地把收入缩水至四分之一："还是老样子，七八千的样子。"这几年物价飞涨，夸她能干的声音纷纷降调、叛变，转攻她疲沓的婚姻态度、奢侈的生活做派。"没办法，"她的肩膀耸起，"我就是一个月光族啊。"说完，去了厨房，从冰箱里抽出一罐奎宁水，转身问道："你们要吗？"她的堂弟抬头瞄瞄："一股中药味道，难吃死了。"接着问加多宝有吗？"你喜欢喝糖水啊，"当姐姐的颇为讶异，"这种垃圾饮料我是不喝的。"

亲戚里，就这个堂弟和她亲近。除了血缘，两人唯一的共通是知青子女的身份。说起来，当年如果不是他吵着闹着要回上海，她今天或许还在东北享福呢。

他们住同一个小区。穿越少许枝桠，她家的阳台与他家的厨房便可以连成一线。奶奶在世时，常坐在朝南的卧室，透过窗户张望，一望，一天过去了。孙子上下班，或是周末进出，目光相遇，必定向老人家挥手。只是这样。一年里姐弟俩也见不上几回。她的工作没有节点，出差加班是常态。亲戚来看奶奶，顺便问起她，要么不在，要么在睡觉。漫长的暌隔，使她成为大家嚼舌头的上等食材。奶奶这一走，她独占一套两室户，话题升级。

"最近哪能？"他们试图开发堂弟的间谍属性，指望他爆料，譬如有没有带男人回来。可惜他一问三不知，住没住也搞不清楚。他的老婆附和，说晚饭后下楼倒垃圾，房间是暗的，难得晚归，也没见她家里亮过灯。这个谈不上收获的收获让他们兴奋。因为其中的一人，曾经在地铁上见到她和一个陌生男子搂搂抱抱，还故意不去揭穿。后来还是她母亲来电询问，说收到谁的短信。她当然是否认，辩称同事，所谓的亲昵或越界纯属捏造。“哦，是这样啊。”她的母亲失望地说。

“算起来虚岁三十三了。”亲戚平日通电话，也会八卦，推测她在外头有男人。他们甚至用了“轧姘头”。当这个濒危的沪语在口耳之间异宝重光，它所对应的官话“非法同居”就愈加显得迂阔。一想到她被别人搞大了肚子，他们就觉得讽刺，因为她的父母是那么卫道而教条，为有如此优秀的女儿而自豪，甚至是傲慢。

再见面，是在表哥为小女儿办的满月酒上。忘了是谁，旧事重提，调笑她什么时候让男朋友亮亮相。她保持着一贯的审慎，无论如何，都隐忍克制，就像他们那样。一切仿佛失重状态的天平，已经无法测出对方的斤两。她只知道自己不被喜欢。他们对她的不喜欢，是她对他们的不喜欢的投影。不喜欢和讨厌是两码事，可是她并不领情，更不欣赏两者之间的罅隙。不喜欢有许多的原因，其中一条是她拒绝说上海话。

印象中，她第一次听到上海话是家里装了电话后。除夕当天，父亲必定会打电话到虹口的老家拜年。一年里，只有这天他会说上海话。她傻在旁边看，感受着那份日后渐衰的激情。她的父亲很厉害，能说那么怪的外语，没说几句，沉默了，脸上泛起奇异的微笑。对话的重启，需要悠长的等待。多年以后，她看了一则纪录片，了解到上海的公用传呼电话亭，它的文脉。她听见“李家姆妈”“王家伯伯”的呼号，看见爷爷奶奶，诸位亲戚，碾压黑暗中的木头台阶，去接父亲的电话。那些木头台阶镌刻了她对上海老家、上海人的最初印记：一脚踩上去，脚跟悬空，霉腐的空气传播吱吱的呻吟，仿佛老鼠乱窜，抑或歹人尾随。头上，垂着许多蒙灰的灯泡，是给客人准备的，楼里的住户，家家设置开关，直辖其中一盏。客人临别，奶奶会说：“慢点走哦，我帮侬开灯。”通常走到一半，灯就灭了。至于住户，有这个本事，摸瞎子凭感觉，健步如飞。

“长这么大了啊。”亲戚见到她，开场白都有这样一句。他们晓得她听不懂上海话，就用蹩脚的国语，问她还记不记得，小时候，毛毛头的辰光，被自己抱过。她哪里记得。若非父母提醒，她就觉得这是她头一回来上海。十多年没回家的父亲也有幻觉。上海啥时候变得那么冷？他以为女儿睡熟了，和妻子回忆上次回家的情景，也是春节，也睡阁楼，怎么现在就扛不住了？她躺在旁边的弹簧小床上，冻得不敢吱声。难得和父母一屋而睡，她期盼着什么。没下文，除了鼾声。她琢磨着表哥的生日，天秤座，往前推十个月，厉害，不由地佩服起上海人的耐寒。

大年夜就热了。嫁出去的、搬出去的，拖家带口，陆陆续续出现。老清老早，奶奶忙着做熏鱼。大锅炸鱼，小锅熬汁。腌汁里飘着八角桂皮香叶，冰糖变色，渐次融化，炸好的鱼躺进去，喝透了，捞起来摆盘。厨房公用，重油烟，隔壁的阿婆正在切肴肉，见她看得紧，就夹了一块给她。刚巧亲戚下来端菜，连谢带拽，哄她上楼。直到动迁那年，她才明白，楼下的张家阿婆和奶奶有隙。张家育有两男一女，小儿子受宠，做过一段水产生意，于是，灶台常见粗壮的海鲜。张家阿婆也夸饰儿子，还不忘品评邻居的黄鱼小、带鱼瘦、乌贼像乒乓球。久而久之，奶奶就对张家阿婆采取冷暴力。张家的荣景毁于一场官司。小儿子日子太潇洒，碰了毒品，以贩养吸，在云南落案，照当时的律条，要“吃花生米”的，后来判了一个无期。坐牢归坐牢，户口在，动迁就有份。那天，动迁组来找奶奶，说你家的小儿子已经谈妥了，又要做老人的思想工作。爷爷早走了一年（随他去的还有在家操办的年夜饭，改成全家上饭店），不然，两老一小，也是两室一厅。大儿子要回来的，到时候住哪里？奶奶说着说着，火大了：“哦，人家儿子坐牢的有房子分，阿拉儿子响应国家号召，支援农村建设，回来倒没地方住了。”隔天，有邻居向奶奶递话，说张家阿婆逢人便讲，被你骂了。“啥么事啊？我骂伊？我啥辰光骂过伊啊？”奶奶很是激动，饭也不吃了，或许还在愁，她这辈子最大的骄傲回来该住哪里？

有关那顿年夜饭的回忆，还飘着鳗鲞、酱油肉的香气。蘸醋吃，这些风味，她都是第一次尝试，虽不比姥姥的熏肠来劲，却也别具特色。肉圆也是自家做的，馅里有地梨，酥中带脆，咸甜交加。当然，最受欢迎的还是母亲包的东北饺子，时鲜货，哄抢而空。“春晚”烘托年夜饭的欢快，但对小孩们而言，外面的世界更精彩。她跟着这些男生疯，学着把划炮往砂纸上划燃，扔掉，看着它爆炸。不设防的路人破口大骂，或是粪坑一声闷响，引得他们掩嘴痴笑。年初二，表哥统率，一队小孩去文庙玩。书市里，她破开爷爷给的百元“青币”，买了一些偏门的外国小说，堂弟抱回来一捆日本漫画。每每想起那个春节，她就特别羡慕堂弟：一个人不受外界影响，坚守自我。她再来上海已是高二。表哥忙着恋爱，疏于见面，表弟迷上了轮滑，只有堂弟没变，一门心思就知道看漫画，打电动，活该他高考复读。

“怎么样，想清楚了吗？”回东北的火车上，父亲问她，“要不要回上海读书。”她拒绝了。于是，母亲的好心情纵容她读了一堆初中生不该碰的书。她是那么热爱文艺，末了，还是顺从父母的心意，考取了国际金融系。

八人一间的寝室，参考入学前的户籍，有三个上海人，实际的感觉是一个都没有。听不到上海话。四川、浙江、东北的方言倒是偶尔响起，能调节气氛。另两个上海人，在某个只有她们俩的空间里，会温习一下上海话。她每个周末回一趟虹口，住一晚，后来简化为一顿午饭。父亲小时候的故事早在高二那半年就听烂了，每次见面都是公事公办，复读机一般，被问道：“爸爸好？啥辰光回来？”那几年，她就担心，奶奶别和爷爷一样，得了老年痴呆。爷爷的病症也古怪，时好时坏，也没什么过激之举，就是不认人，今天她是调羹，明天改叫面盆。寒暑假必须回东北，因为上海实在太热太冷。父亲出钱装的空调如同虚设，多交生活费，奶奶也舍不得开。钱省下来干吗呢？

她就没有类似的负担。每月的生活费，加上偶尔的稿酬，怎么透支怎么花，有困难向东北求援。大额开销统统有账可寻。上海电影节，她的纪录是一天看四部片子，一年要上安福路欣赏几场话剧，在上海音乐厅听名家的钢琴独奏会，张国荣的两场上海演唱会无一错过。回家后，把票根扇面似的摊开，母亲也拿她没辙。她还买很多小说，大三换寝室助长了她的妖风。有一回，一个中文系的师妹来串门，被她书架上七卷精装的《追忆似水年华》吸引了，问从哪买的。“这个啊，是我的初中读物，”她说，“我原来在东北有套平装的，最近去文庙玩，路过老西门的省版书店，看到清库存，就收了。”

毕业后找到一份好工作，这是她难得的英明。她享受生活，穿的用的吃的玩的都追求品质，以书为例，最好是港台版，纸张讲究，设计精美，可惜入眼的选题少，而且很难买。某天，她浏览豆瓣网站，发现一个帖子。楼主常去台湾出差，学雷锋，义务代购台版图书，每人仅限三本。那时候，淘宝网上还没有（后来也还是没有）东东书店这样热心肠、平价、成规模地贩销港台版的图书。她试选了三本，跟帖排队。一个月后，邮件来了，说书已买好，还留了手机号。电话过去，是个男声，约在周六的午后，地铁威宁路的二号口。她开心地答应了，甚至提前赶到，张望悬揣，是怎样一个男生，听声音挺清秀的。她也就是胡乱猜，并不抱期望。结果小伙很嫩，细声细气：“是买书的吗？”她答是的，一脸呆样。黄绿格子的亚麻衬衫，天蓝的无褶长裤，修身款，配一双纯色的帆布鞋，他提起墨绿的纸袋，诚品的 logo 明艳醒目，书在里头，还摸出一长条的发票，请她确认。“谢谢，”她没付钱，先从男生手里接过来，“我想请你喝杯咖啡。”见他表情略窘，补充道：“没别的意思，就想谢谢你，帮我买书。”他婉拒了，说还有工作要忙。她这才掏出两张一百：“不用找了。以后还能麻烦你帮我代购吗？”“等忙完其他网友的订单吧。”小伙说着，从裤袋掏出一堆硬币，正好八块九毛。

“他抓得住我。”

回程，她站在最最晃的车厢连接部，翻看《李立群的人生风景》。封面的李立群照片酷晕了，焦点在脸上，抓的手势是虚的，下面有这五个大字。

再下面是一行小字：“‘坚强’只不过是心里头飘过的一个词，或者是，由人的手写出来的文字而已。包括‘浪漫’，又何尝不是如此。”

她把书贴在胸口，凝神闭目，脚下咯吱咯吱，是车厢在摇荡。几年后，这本书的扉页多了四行作者题词。竖写的，第一句是请她留念的客套话，换行写道：“蓦然回首念子实多。”她每每翻到，就会想起作者与她的对话：

“是初刷本啊，真不好意思，里面有蛮多错误的。”

“错版也有错版的美。”她微笑道。

“好在后来再版的时候改了。”说完，作者补上落款。那天，她从常约她稿的编辑那得到情报，说李立群来沪参加一个戏剧颁奖。她特地守在静安寺某酒店的大堂，等足了一上午。

同学们无法解释她的追星症，觉得与她的高冷不符，还有就是她的方式。她的博爱好似天文发烧友，日星韩星，欧美的彗星，中国的流星，或关注或追踪。“某某不错，”遇到同道中人，她聊欢了就爱开封神榜，“他在我的 list 里排到第几位。”父亲见她看香港的影视剧不开字幕，问：“这种鸟语你听得懂？”

“我还会说呢，”她说，“上次去接演员谢君豪，我们就开粤语。”

“那你怎么不肯说上海话呢？”

“他普通话太烂了，我不说粤语聊不上啊。”

父亲无语，回房看书去了。但是这次意外有如病毒，开始侵入她脑部的程式。她检索自己的榜单，查找任何上海籍的名字，愿意和他（她）说说上海话。很快，她寻到了作家王安忆、孙甘露以及演员周野芒。她读过一篇采访，说王安忆“几乎从不说上海话，也说得并不地道”，所以和她说说上海话的可能几乎为零。孙甘露她见过好多次，讲座与活动，台上台下，印象中，没听他说过上海话。台下的周野芒没什么接触，至于台上，对白都是官话。她想了半天，最后只有请出张爱玲、王家卫。她觉得，新千年以来，上海是一个在文艺上没什么贡献的大都市，即便有一些产出，也用不到上海话。所以听懂也罢，会说也罢，无关痛痒。一想到这，她安心地睡了。

大学毕业十周年，两个移了民的室友刚巧回上海办事，搞了一次同学会。席上，她是唯一单身的。妈妈们聚在一起，大半时间在聊孩子，台上的菜肴基本没怎么动过。当年的四川辣妹，如今在市区的机关当科长，说起三岁的儿子，一口一个天才，不过也有烦恼，小区对口的幼儿园，生源过半是附近的民工子女："我想想就怕啊，我儿子和一群外地人混在一起，怎么办啊?"她听着痛快，因为想起了自家小区的周边设施，感叹阶级矛盾是一条变色龙，又说："这点小事，还能难倒科长你吗?"同学们乐了，群起攻之，说她条件也不差，怎么混成这样，都嚷着要当红娘。她几番讨饶，末了坦白，自己有男朋友。

为了婚姻大事，她母亲没少操心，最近几年，发展到与亲戚对话，一根筋地喟叹："后悔啊，后悔啊。"反正是些牢骚话，恨自己糊涂，放女儿去上海。"嫂子，再怎么，好歹有一套房子啊，一两百万呢。"听者一面安慰，一面隐忍，因为当年迁户口是这边撺掇这边操办，现今，父母的房子被大哥家拿了，自己半毛好处没有，当面都这样说，背后指不定被怎么中伤。"就这种房子还一两百万，也太可笑了，"母亲揶揄道，"这哪里是上海啊，比农村还不如。"

教师的鄙薄不无道理。这是一条穿越三个区的重型公路，小区所在的路段刚巧是区界的敏感地带，开着 GPS 导航向北行驶，途经这段，"你已驶入某某区内……"的提醒两分钟里会响起两次。或许是可管的人太多，各自就觉得对方会管，对方该管，于是，脏乱差等等无序蔓延，成就景观。二十四小时，一排修车洗车的霸占了人行道；清晨，各种黑暗料理就着尘土加工；水果摊设在卡车上，没有一家正常的餐饮店。小区的上海人基本持封杀态度，宁愿赔上来回三公里的代价，到最近的农贸市场采购，或者吃着风沙，等大卖场的免费巴士。加上气候的不适，这些都推迟了父亲的归期。还有一大原因是他糟糕的身体。亲戚致电东北，关心他的情况，母亲就说："他啊，真要命，现在浑身是病。今年学校体检，医生说他没一个零件是完好的。"亲戚顺着劝他回来疗治，因为上海的医院更好。"想是想啊，"母亲答道，"问题他的关系全在东北，到上海看病没医保怎么看得起啊！"

一个来不了，一个回不去，奶奶只好她来照顾，她那么忙，成天不在家，结局只有送养老院。两室户，一人住，她成了孤家寡人。亲戚想帮她介绍对象却没人行动，抚今追昔，大有目睹老者摔倒不敢扶的忧郁。

她想搬出去，想了不是一年两年。每天清晨，小区花园聚集了一批老人，聊天锻炼。有一位老先生，可能吃过曲艺饭，有开嗓的习惯，咿啊咿啊，手里一对快板，比闹钟厉害。还有一位操二胡，荒腔走板，永远是《世上只有妈妈好》的各种变奏，后来多了一首《小草》。那天，她忍无可忍，决定下楼会会这些噪音狂。结果进了凉亭，发现实际的动静并不大，怪只怪开阔地带，扩音效果太好。她知道这套房子是不能动的，想逃离全得靠自己。现阶段的首选方案是租到市区去，离单位近，离文明也近。

夏日，她病了，往常的消遣方式统统失灵，又嫌床上待着闷得慌，就仰在奶奶最喜欢的躺椅上。阳台外面，鸟儿鸣啭，野猫嬉戏，孩童围着中心花园打闹。只有两个壮年，一个在遛狗，一个单手撑着器材，做甩手甩脚的健身。离午餐还有一个多小时，老人们一点一点起身，拐杖先行，半步半步离散。几个月后，打快板的消失了，接着轮到拉二胡的。于是，她的睡眠质量大幅提升，因为物业的电动除草机每月只出动两次。后世博的一个早晨，她难得赶早，迎面一个小老头，胡子拉碴，笑得诡异。她觉着眼熟。“阿娘好?”他凑近了问，依稀叫她想起老宅楼下卖水果的阿六。对，是阿六，奶奶口中的阿六头，刚动迁那回儿，他还来看过奶奶，住在小区后门那片——怎么老成这样了。

“奶奶?”她反问。

“最近好?”

“半年前去世了，你不知道?”

“啥么事啊?”他显得无比错愕。

初秋的某个黄昏，她外出散心。出小区就听见萨克斯的声音，也没刻意去追，只是越走，那吹奏越是嚣张。临近一条臭河浜，桥面立了一个陌生男子。乐器盒子半开，站在地上；一把次中音萨克斯在他手中摇摆。他吹得很凶，气韵却不减，每次呼吸，都使了全力，仿佛测肺功能。双目紧闭，他的正面，暗绿的河面岩浆似的向着落日流淌，渐渐染上一些可人的色泽。风拂起两岸的杨柳，沙沙作响。她完全惊呆了，想不到这一带还有奇人。其实只有几段旋律，一遍一遍一遍又一遍地轮转，探寻某种私密的旨趣。技法如此野蛮，但骨子里是抒情的，这种狂暴的温柔知音难觅，好些路人留步，以为是初哥在发泄，很快就把吹奏者的背影抛在脑后。

她报了一个平面设计的培训班，成功结交了一些朋友，一些平行于她原有生命轨道的人，代价是瘦弱的周末进一步被压榨。一个叫柯平的人和她走得最近。放学（她喜欢这个词）后，她陪他坐一站十号线。思想者的雕塑望着他们从地下升到地上。两人聊着日本电影、欧洲爵士、美国设计，穿过湖南路的梧桐树，停在他租的房子外面。然后她再打车到常熟路，换乘地铁。从同学到同桌，再到同居，在她，时针走了三千多圈，在他，不过是月历上撕了几页。

柯平小她六岁，家住崇明，在上海念的大学。住到一起，她才发现他的月收入只有七八千。原来他在房租上舍了一半的薪水。整个事变没有打乱她的计划，对他的好感反而增加，反正日常开销原本就仰仗她。平日里，柯平开国语，只有和父母通话的时候才说崇明话。“这舌头也太迷幻了。”她听着真心累，惦记将来见面该怎么办。好在同居生活总是先恩爱后颓败，生活习惯、价值取向、出门看哪部电影、晚饭吃啥，都可以引爆。她觉得他爱她不如早先深，他觉得她对他没有以前好。可是，这些全都在他们的预计之内，所以并不影响夜生活的质量。没有安全措施，却有背景音乐，为此，二楼的居民颇多斜眼。起初，她渴望一个孩子，好比一枚戒指，既然没有动静，那只能是他的问题。日子晃晃悠悠地烧，这个念头犹如一盘蚊香，阴燃着，化为死灰。

开春了，他们去看莫奈的展览。一路上，她目睹了淮海路的萧条，传统零售的退位。好些婚纱摄影，好些服装专卖，甚至是某个高档婚戒品牌，都拆空了铺面。K11 则是另一种景象，因为是周末，看展的队伍排成长龙。她的下巴仰在他的肩膀上，咬耳朵："昨天的同学会，我把你给卖了。""什么?"他问。"她们知道你了。"就在这个当口，她的堂弟从展厅外经过，躲都躲不掉，于是，互相介绍。这个意外坏了她一个月的心情。她琢磨着，亲戚肯定就此知道了，然后是她的父母，该怎么应对呢。久等不见下文，她开始怕了，怕有什么阴谋。终于，五月的一通电话让她放宽心，母亲说，谁在地铁上见到她和一个男的抱在一起。她笑着加以驳斥，一面寻思，难道堂弟没有告发。

秋天，她怀孕了。无比震惊，无法接受，继而惶恐。柯平也觉得事情太过突然，旁敲侧击，有无可能把孩子拿掉。好比讲，双方都没见过对方家长，长辈之间也该先打个照面。说完，他自己都觉得自己思路混乱，躲到厕所去抽烟。他的态度让她彻底灰心。她看到自己成为一个单亲妈妈，同事议论，亲戚嘲讽。她倒是无所谓，几乎下了生养的决心。柯平若在，当然好，不在，她好歹有一个宝宝，陪伴左右。她自信有能力抚养这个孩子，提供优越的生活。只是这样会让父母难堪——倏忽间，她感到呼吸困难，有一种正在呕吐的幻觉。

就这样冷战了几天。柯平主动找她谈心，说正在寻找当爸爸的感觉，不过，一切还需要时间。

“宝宝，你告诉妈妈，该怎么办?”她摸着平坦的肚子思忖，要不要先回一次东北，要不要和父母说了再做决定。

老城厢

站在外仓桥街，你能看见两个世界。棚户区，街面以西是一大片棚户区，解放以前造的简房危楼，江浙两省为主的外地移民搭建的小天地，避战祸、讨生活；街面以东，在过去的百余年里，曾经也是这般的面容，现在因为旧区改造，房子拆了，人迁走了，地块的方向还停留在图纸上，于是，也就形成了一大块空地，被两米来高、灰白明净的砌墙围成地图上的一节火车头形状。

火车要怎么开，坊间有很多版本，在百度地图上，你把它放到最大，鼠标会变成一个眼球，下面一行字："未知道路"。也有例外，地块里有四处建筑，有名有姓，自西向东，依次是"安丽按摩店""董家渡天主堂""中国人民保险""上海市南房屋动拆迁公司"。末两处贴着中山南路，走到黄浦江顶多几分钟。

乐清浴室离这节火车头的屁股也就半分钟的事情。它夹在外仓桥街与蔑竹路之间，主要邻居包括一个露天菜场、一个面料市集、两爿棋牌室、七家餐饮店、若干洗头房以及小东门街道敬老院。在动迁公司眼里，这里是南外滩，是难外滩；在学者眼里，这里是董家渡，是老城厢的图腾之一；在欢喜孵混堂的浴客眼里，这里有上海的最后一家混堂。

接待过那么多的媒体，郝明已经厌烦了。每次接受采访，他都会被一批雷同的问题搅坏心情。比如，他每次都需要解释，为何乐清是上海最后的混堂，它和市面上数量尚可的平民浴室的区别在哪里？还有，大型浴场怎么就不算混堂？

他会领着记者参观被水汽笼罩的浴池："混堂的标准是最起码有一只池子，里面的水，每天从浴室开门到关门都不会调。一开始，水是清的，比较硬，叫生水，洗到后面，水就混了，叫熟水。"这也就是表面上的讲法。混堂的性格特征颇为复杂，提供的服务虽然不比后起的大型浴场让人眼花，却也是相当丰富的。混堂有混堂独有的味道，几句话概括不了。至于新千年后开的平民浴室，为了省成本，浴池没了，简化为一排淋浴，纯粹是为少数人的洗澡难而活着。

一来一回，把这些讲清楚，郝明要费不少的口舌。曾经有一家周报的记者，一个大块头，听懂了以后，提了个建议："郝经理啊，其实你们应该改一改招牌，改成乐清混堂，现在叫乐清浴室，和那些大众浴室完全体现不出区别啊，如果改叫乐清混堂，生意肯定会好一些。"如此善意，郝明不知道该怎么接，他只能微笑。

真正的尴尬是被人一次又一次地问，等乐清拆迁了之后，有什么打算，会不会另起炉灶？郝明厌恶这些提问。这种感觉，仿佛一个病人被逼问，死了以后，有什么打算，转世还想做人吗？

郝明不相信来世。他今年五十三了。电视报道说他一九七八年十七岁的时候顶父亲的班进的乐清；报纸上写他一九七八年十九岁那年入行。当年乐清一楼二楼都有池子。上世纪九十年代以后，老百姓的住房条件提高，淋浴器逐步普及，社会风向也变了，流行洗桑拿。国营浴室由此吃起了西北风。郝明承包乐清之后，精简人手，留下二楼的小池，把一楼的大池改成锅炉房，剩下的面积租给别人开饭店，员工餐也挂靠给人家。再就是狠抓服务。如果不这样，乐清撑不到今天。搞成这样，郝明觉得自己也算对得起老东家。乐清有八十多年的历史，老东家是浙江乐清人，解放后，浴室公私合营，继续服务大众，文革初，他选择跳楼自杀。

吴宇庆是郝明的老搭子，三十多年的同事，中间有十余年他跑去社会上开出租车，但是一听说郝明把濒临关门的乐清盘下来，宇庆就来帮忙了。除了郝明的老婆，这世上没有谁像宇庆那样，和他走得那么近，几乎天天粘在一起。可惜，近几年情况有变，上海的夏天越来越热，越来越长，一到酷暑，乐清每日只剩二三十个客人，三四百块的营业额，别说水电燃料费，连人工开销都不够。所以，浴室每年都要停摆五个月。

中午十二点钟是浴室的营业时间。准备工作从昨晚就开始了，关键是烧锅炉，夜里十点以后电费便宜，把明天的水烧好，这样能省成本。早上是一系列的消毒事项，茶杯、拖鞋、木梳以及剪刀，步骤是“一二三四”：一粒药片，两斤水，三分钟消毒，四小时更换消毒药水。毛巾用蒸汽熏，上身的下身的分开堆放，颜色也不一样。忙到十一点敲过，大家聚拢了吃中饭，十一个人，分一楼食堂的大锅菜。

乐清晚上开到九点，通常八点半就没啥客人了。长脚、潘金发、宇庆，三个留宿的员工开始整饬，拖地、理床头、清倒痰盂、帮拖鞋毛巾消毒，照明只留小部分。一楼食堂的油锅会忙上一阵子，烂糊肉丝、香辣螺蛳、酒糟毛豆、咸菜干丝，无非是些便宜而口味重的家常菜，三个中年人开一瓶最廉价的黄酒，举着玻璃杯子穷开心，看看电视，吹吹牛皮，随后，躺倒在浴客休息的床上，等待太阳照常升起。

落雨天总是那么讨厌，讲提心吊胆也不过分。雨具滴落污水，鞋底沾染泥浆，加重地板的负担，但是没一个员工不巴结，看见水滩就去寻拖把。乐清的浴客以中老年为主，哪一个滑倒就是大麻烦，责任谁来担？自然而然，浴室里，除了水汽，从上到下还弥漫着安全隐患，这根弦一直绷着，好比拆迁问题，无休止的折磨。

老申今天来得有点迟。往常，他总是听着京昆唱段等开门。这和他住得近有关。他洗完了，必要走到浴室的对角，在正抽烟斗的老顾隔壁躺下。他知道老顾不爱搭讪，只打了个招呼，开始听戏。他用的是时下民工最爱的播放器，藏了几百首名家唱段。俩老头相敬如宾，工作日都是这样：大约三点，老申整装去中华路三小接孙子，老顾会躺到四点半，等客人稀散，男员工端着满满两个搪瓷碗，一个堆饭菜，一个汤过半，从一楼旋到二楼，坐在男宾部中间的沙发上闷头吃，他才起身。他的自行车停在一楼饭店的门口。他骑得慢而稳，尤其回程，今天稍许快一点，因为晚上有家宴。

轿车候在尚文路河南南路口。老顾从龙门邨出来，小儿子下车，替他开门。他照旧坐在驾驶员身后的位置，拉牢护手，一抬头，正对着车顶的后视镜。车厢就两个人，他问："小弟，你老婆呢？"后视镜里的中年人说："陪客户吃茶，结束了她会过来的。"老顾又问："君君呢？"后视镜说："小家伙跟同学到台湾去了，要八号再回来……阿爸嘴巴干吗？嘴巴干，后头有矿泉水。"老顾不吭声。

从龙门邨到福1088，他们走的这条路跨了黄浦和静安两个区，在本世纪初，同样的路线，则要跨四个区。其他子女也差不多，二女儿住杨浦，已经当奶奶了，三女儿住宝山，大儿子住闵行，大女儿如果还活着，要从嘉善出发。每个月，总有那么一两回，大家从市区的东西南北，汇流到某家饭店。具体方位由小儿子定，他组局，他买单。和多数上海家庭一样，老顾的子女，在各自的第二代成长以后就难得走动了，如果没有这个家宴，类似规模的团聚大概要等到过年，或者家庭成员发生重大事件。满员的话要两桌，今天因为二女儿全家去无锡，人数降到十一。

福1088的人均消费超过四百。好几位看了菜单，左右咬耳朵。“正好谈拢一笔生意，”小儿媳一边点菜，一边说，“就当是庆祝一下。”小儿子接话道：“菜式应该蛮挺括的，阿拉也没吃过，几个朋友一直讲多少嗲，那么就来试试看喽。”外孙女问：“舅舅，现在传统媒体这样萧条，对印厂有影响吗？”小儿子说：“影响大的，手头上好几份杂志报纸关掉了，一年要少百把万的生意呢。不过还算好，你舅妈本事大呀，阿拉一样在转型，现在的大头是帮饮料，还有帮油瓶印商标。”“君君呢，”孙子问，“毕业了打算做啥呢？”大儿子沉吟道：“他是啥？艺术管理系对吗？”小儿媳说：“天晓得他想做啥，小家伙心比天高，最近嘛，在朋友的儿子开的文化公司里实习。”小儿子嘀咕道：“开销大得吓死人，一顶帽子就要千把块，以后还不晓得怎么办呢？”

冷菜酒水齐了，大家举杯，祝老顾健康。老顾坐着，与小辈逐一碰杯。几十筷子下去，大家对菜的评价颇高。孙子发话了：“阿爷，最近浴室是不是又开了啊？”老顾喝口黄酒：“嗯，开了三天了。”三女婿嚼着油爆虾，说：“阿爸还是踏脚踏车来回啊？”小儿子说：“阿爸搬了近一点多少好，硬要住龙门邨，我还是那个意思，借套一室户的公房，再请个阿姨。”大儿媳说：“是呀，阿爸，同样是借房子，做啥不住得近一点？”老顾摇摇手：“用不着，老房子好，踏踏脚踏车嘛锻炼呀。”

热菜来了，大家放弃劝说，转攻美食，也聊些近况时事。吃到台面满了，老顾起身要上厕所，孙子被他母亲指派了护送。过道里，老顾碰到一群人，其中一位看见他很激动：“老顾，怎么这样巧的啦！”“郝老板啊，”老顾应答，“也来吃饭啊?”郝明说：“是呀，女儿要去美国了，今天夜里聚一聚呀。”

人群进了一个更大的包厢，待到郝明过来，亲家母问：“懿懿爸爸，碰着熟人了对吗?”郝明笑了：“浴室里的老顾客，天天来的。”亲家公问：“是姓顾对吗？好像电视上看见过的。”郝明哈哈大笑：“对的对的，看样子晓明爸爸看过那支纪录片。”亲家母说：“看过好几遍了，拍得卖相老好的。”大伙在欢笑中点菜。郝明看了菜单，脸部有点僵。他把菜单交给女婿：“今天你是主角，你来点。”

两桌菜点全了。亲家公喟叹道：“等伊拉从美国回来，不晓得浴室还在吗?”郝明说：“这倒蛮难讲的啦。”亲家公问：“可以再撑两年?”郝明说：“有得好动动了，小小一块地方，户口多得吓死人，像养蚕宝宝一样。今天浴室里还有人讲呢，有人家，十一个平方，二十七只户口。”在座的无不惊叹，这是怎么创造的，却没有深入议论，单是好奇能分多少套房子。郝明总结道：“所以老祖宗把浴室叫混堂，混堂嘛，混日子呀，混一天是一天。”

骨肉别离是愁苦的，但毕竟不是诀别，亲家公起身祝酒，祝儿子在美国工作顺利，祝儿媳生个美国宝宝。杯底与台面的敲击无比喧闹，但是，此刻的喧闹是受到祝福的，敲碎了更好，因为中国人信仰碎碎平安。

回家路上，郝明握着方向盘跟老婆抱怨：“又贵，量又小，吃也吃不饱，回去帮我下碗速泡面吃。”老婆黄薇鄙薄道：“又不是你买单，没吃饱好再点的呀。”郝明说：“我想帮女儿省一点。”老婆不睬他，埋头刷微信。

进了家门，冲出来一条萨摩。郝明抚摸道：“乖，找妈妈去。”它就欢快地扑向黄薇。这狗是女儿出嫁后养的，小姐妹送来的时候只有热水瓶大小，两年一过，蹿到黄薇的胸口。每天，夫妻俩吃好晚饭，黄薇就被“汤团”拖着快跑，她用的是得乐牌的大型犬牵引器，身体后仰，离和谐只差一架雪橇。今天狗还没遛呢。“母子”俩孤零零地在夜幕下逛小区的中心花园。没有母狗给它追、小狗一起吠，“汤团”也觉得没劲。黄薇兜了两圈，上楼给老公煮面。

立冬能够改变浴客的数量，却无法改变他们的状态。在男宾部，最适意最诗意的状态，除了坐在池底，让水涨到肩胛，便是出浴把自己抹干了，裸躺在休闲床，四十岁朝上的，泡杯茶，四十岁不到的，来瓶汽水。所以，你不愿面对，当你这样一丝不挂地躺着，周围有人举着智能手机，有些还具备消音拍摄功能。这种事情，中老年做不出，手机在他们只是通讯工具，外地的小青年也做不出，他们没这闲功夫——如果说混堂具有清洁皮肤、消除疲劳、去寒气、休闲放松四大功效，他们看不见第四项。

那晚打烊之后，宇庆、长脚、潘金发，三个留宿的照旧聚在一块吃夜宵。电视里，《新闻夜线》关注的是一则浴室纠纷：一个老太太，去公共浴室洗澡，摔了一跤，瘫痪在床，家属和浴室方面为了赔偿金达不成和解，上诉法院，最后判了十万。

看的过程中，三人基本没动过筷子，酒杯也只是握在手里，脖子仰得老高，眼珠瞪成桂圆。那阵势，仿佛遭殃的是自己母亲，倒霉的是自家浴室，或者两者兼有。“没的命喽。”金发吁了一口气，“十万块钱，照我们这样子，要洗一万个老的，洗一万个老的还赚不到一万块钱呢。”长脚说：“真是人算不如天算。你地板拖得再好，一点点水也没的，有什么用，她年纪大了，脚步不稳呀，她自己摔了，你有什么办法？”宇庆说：“浴室嘛肯定是有责任的，但是十万块也太过分了。”长脚夹一口菜，说：“还是开养老院最好。开医院死了人，家属还要闹呢，兴许还找到这块问题那块问题赔点钱。开养老院最好，人死了，打个电话通知家属，一点点办法都没的。谁要你们子女不管啊。”

关于这个话题的争辩，次日下午又续上了。连浴客也参与了进来。大伙都在抒情，老顾独自躺在他御用的床位上抽烟斗。雨还没停，他在考虑，回家是打车呢还是坐 11 路。雨天他是不骑车的，浴室来回都是打车。也就最近，他发现出租车很难拦，明明是亮着绿灯的空车，挥手去拦，它却不停。这不是一辆两辆的现象，而是一批两批的问题。上个雨天，回程他撑着伞等足了半个钟头，边拦边往家的方向挪，走到公交站，他还在招手，直到又一辆11路停靠。

四点半了，老顾准备回家。他穿好衣服，挎上小包，关拢木箱，钥匙就留在上面。过道的沙发，宇庆坐着吃晚饭。“小伙子啊，再会。”老顾和他打招呼。宇庆咽口饭菜，微笑道：“再会。明天再会。走回去当心点哦，落雨天路滑。”出了男宾部的门，老顾下了决定，直接去11路的站头，就站在那里拦出租，如果11路先到，就坐公交车。

地上泥浆浆的。一个老太婆，推一辆购物车，伴着瓶子撞击的声响，经过浴室的大门。对面的熟食摊在炸鱼丸，雨滴答滴答从篷布上落在蛋饺啊、熏鱼啊、狮子头的身上。老顾凝视了几十秒，离开了。万有全卖蛋制品的店铺，老阿姨把一只只干净的咸蛋放在漂洗机上。那机器有十三个卡槽，蛋搁上去，随着水流的冲击而旋转。路人甲问：“腌咸蛋啊？”路人乙说：“现在都是机械化部队了。”老阿姨谁也不搭理，埋头工作。老顾观摩了几分钟，继续前进。

走到中华路口，老顾仿佛听到后面喊：“阿爸，阿爸。”他习惯性地回头，居然是小儿子。小儿子冒雨把老顾送进后车厢，撑父亲的伞回驾驶座，收好，放在旁边。老顾问：“小弟啊，今天哪能来了？”小儿子挂好保险带，说：“老婆到山东谈生意去了，儿子去北京了，一个人嘛，想来吃老酒呀。”老顾急了：“屋里没菜呀，要么到外头吃。”“还是屋里吃吧，你吃啥我就吃啥，随便一点。”“要么我去买点熟菜？”小儿子说：“也好，等歇我去买。”

车子在中华路上溅起水花，车窗滚满了雨珠。老顾还有点恍惚，想起去抓扶手。他责备儿子，干吗不打电话，在那傻等。“你的手机一直关机，”小儿子看一眼后视镜，“再讲了，你要叫车子，肯定要到中华路才叫得着，从浴室到中华路，最近的就是董家渡路了。”“最近的是穿小弄堂。”小儿子看着运动中的雨刮，得意地说：“小弄堂太冷清了，落雨天又难走，阿爸欢喜闹忙的，肯定是走董家渡路。”

进了家门，老顾忙着收拾。两个人抢活干。小儿子完全不了解家里的布局，一碗一筷，干什么都要问，被迫改打下手，把剩菜放进微波炉，熟菜解开包装，直接桌上摆好。老顾去灶头温黄酒。小儿子也就房间里瞎看看。墙上相框，A4尺寸的全家福，上世纪九十年代初摄制，布景比之现在假得可笑，色彩艳到失真，小孩子的脸都像红富士苹果。他找到了自己，妻子怀抱当时热水瓶大小的君君。右首是嘉善的大姐，姐夫病故得早，两个儿子站在她后面，高出她将近一个头。父母端坐在中间。他把这张泛黄起霉的照片又扫了一遍，在当时，这确实是最全的家庭阵容了，没有一个缺席。于是，他掏出手机，完成了一次肃穆的翻拍。

他们干杯，发出满足的哈的声音。两个人相互夹菜，用笑容感染对方，增进食欲与酒量。一个问，身体怎么样，医生有什么新的建议；一个问，印厂怎么样，孙子有什么新的打算。饭吃得差不多了，老顾提出加点水果。筐里只有梨，老顾坚持要自己削。他哪里会削水果，以前都是老婆削给他吃。他就用刨子，一片一片的果皮，刨得台面凌乱不堪。“现在嘛是吃生梨的季节呀。”老顾说。小儿子接过梨，不知该从哪里啃起。“阿爸，”小儿子说，“我在想哦，你要么还是住过来吧。”老顾一边刨梨，一边说：“住到金桥去啊？金桥我实在是住不惯。马路太宽了，都是外国人，一点上海味道也没，也没我这个年纪好去的地方。”“欢喜泡浴室嘛，天天打出租来回呀。”“太吃力了，”老顾说，“我夜里八点钟要睡觉的，你们八点钟还不一定好回来呢。”“但是阿爸——”老顾打断道：“小弟，我懂的，你应该晓得的，我这人脾气勿大好，我最光火的就是别人影响我睡觉，一天两天，大家可以相互迁就，辰光一长肯定要僵掉的。”梨刨干净了，老顾咬了一口，说：“汁水蛮足的，唉，你为啥不吃啊？”小儿子也就学父亲的样子，低头咬下去。老顾含笑道：“有空就多来看看我，阿拉这样老酒吃吃，多少开心啊！”

那天，老顾从早上起来就觉得不舒服。吃了午饭，情况未见好转，他琢磨是否还要去洗澡。天气真好，太阳明媚得让人不愿闷在家里。老顾决定出去透透气。走到中华路，一阵抽痛迫使他停在路口。他被临近的 11 路站点那个候车座迷住了，坐在上面，挺胸，深呼吸。

就这样，一辆又一辆 11 路在他面前逗留，又走了。

如今的 11 路是电容车。在很长的一段时间里，11 路曾是由两条“辫子”供能的无轨电车。电车环保，但是行驶中的“辫子”

脱线却很烦人，通常是转弯或者变道，车身在轰隆一声之后瘫止，嘟呜呜的蜂鸣告诉大家，辫子掉了，于是，就听到外向的声音：“哎哟，翘辫子了嘛。”司机难免气呼呼地开车门，去车尾拉拽那对“辫子”，俨然遭受咒骂的是自己。

老顾试着站起来。还行。他爬上一辆 11 路。司机看他那副样子，等他坐稳了才敢发车。

下一站就是终点站老西门。到站以后，老顾并没下车，司机也没提醒他，没有赶他下车的言行。终点站的传统意义在 11 路是被消解的。这条上海滩最有名的环城线，它的环城，首先是环绕老城厢，其次才针对上海这座城市。不少公交线路与老城厢发生关系，只有它，全程陪伴。它的运行轨迹是一个圆两条路，一条叫中华路，另一条叫人民路。两个驶向的 11 路被这两条路隔成无法交汇的独立体，各开各的，各停各的，连终点站也不在一处，尽管它们隶属一个车队。

车又发动了。喇叭里的普通话说：“终点站老西门。”

倚靠着车窗，老顾在环城的旅途中找到了一些乐趣。多少年了，他不曾像今天这般，用目光拂拭一个接近完整的老城厢。车速太快，变化太大，能被唤醒的记忆相当有限。

车厢在新北门站添了些许人声，上来一批游客腔调的年轻人，大概是刚游完豫园的吧。老顾想起城隍庙靠方浜中路的出口，曾经伫立着两个石狮子，小孙子骑在自己的脖子上，与那守护神合影，照片一直存在钱包里，有一次被大女儿发现了，抱怨道：“阿爸偏心啊，孙子的照片就放，怎么没看见放外孙的照片？”

新开河到了。他的视线透过快要竣工的高楼，撞上中年时的自己，在沪南冷库的伙食团负责采购，每逢夏天，冷库有伤残的棒冰雪糕内供，棒头断的，碎成两截的，几分钱一斤，铝锅装得满满的，捧回家里，老婆小囡开心得仿佛过节，因为没有冰箱，吃到肚子疼也不肯放。

东门路的丁字路口，车子被红灯拦住。窗外就是康家弄，入口有他钟情的点心铺，招牌是蟹壳黄与萝卜丝饼，最爱后者，馅子新鲜，调味好，他去年还来捧场，看到被蜘蛛网包围的老式烤炉，发出“只有你还没走”的叹息，那个守了近四十年的老师傅，淡淡地说：“萝卜丝饼蛮好的，回去微波炉转转就好吃，要么多带两只吧。”

又一个环城兜完。

再兜一个。

每次回眸都有新的感受，累计到后来，老顾有一种在浴池浸泡的感觉，被不同种类的情绪淹到了肩胛。

他想回家了。

《新闻夜线》正在回顾凌晨的事故。医院里，伤亡家属的情绪极其激动。“可怜啊，”金发仰着脖子，酒杯停在半空，说，“好端端来一次上海，搞成这个样子。”长脚吃菜，说：“听他们讲，好像蛮多都是大学生呀。”金发喝酒，说：“全是小年轻。年纪大的谁去凑这个热闹啊，天那么冷，你叫我去，冻都要冻出毛病来了。”长脚给他倒酒，说：“这样一搞，不晓得要赔多少钱了，估计要几十万吧。”“几十万？”金发举着酒杯，鄙夷道，“搞不定。没个百八十万怎么可能搞得定。”

快过年了。换作从前，春节前的一两个礼拜，是乐清最忙的时节，是要排长龙的。孵混堂的主力军，也会一改平日的做派，冲洗完毕，早早撤退，免得影响人民内部团结。总有不识大体的，仿佛老太爷，躺着不动。浴室的员工却不至于动手驱赶内心的焦虑，也不会讲一句重话，他们能做的，就是丢热毛巾，暗示对方帮帮忙，擦两把，赶紧回家，若不见效果，隔几分钟就再丢一块。这都是二十五年前的气象了。当时的老百姓有许多的讲法：遇水则发，预兆新年有好运气，或者，把身上的晦气洗掉。即便没那么迷信，质朴的灵魂也不会拒绝清洁，谁都喜欢干净。快要过年了，人是应该干干净净的。

是周二的黄昏时段。老顾静静地躺在床上，胸部以下盖着红白条纹的毛毯。员工们刚吃好晚饭，也没什么客人，就坐着聊天。等到郝明接到电话，从路上折返回浴室，再赶去医院，老顾的身体都快僵了。

收工后的夜宵场面又从三个人减少到两个人。金发端着菜进来，问正在收拾的长脚：“不晓得谈得怎么样了。”长脚说：“家属肯定接受不了，我倒是蛮担心阿庆他们的。”金发坐下，开始倒酒，说："你还是担心担心我们要赔多少钱吧。""这就要看郝老板的本事了。""说起来，这个真的很冤呀，真的很冤呀，什么事情都没发生，就要赔钱。"长脚喝酒，说："人都死了，还没的事情发生啊？""也不晓得怎么搞的。""可能是心脏病吧，要不就是脑溢血。"金发喝酒，吃菜，哀叹道："原本就没有年终奖，现在估计还要扣钱。"

电视里，《新闻夜线》又开播了。长发看着热点新闻预告，说："这下又要上电视了，郝老板不想接受采访也没的办法了。"

老顾的追悼会定在二月六日的早上十一点，很尴尬的时间，显然是临时安插出来的。一整套流程走下去，算上吃饭，回乐清起码要两三点钟，浴室的正常营业肯定没戏。出于安全考虑，郝明提了点想法。金发回应道："家属那么通情达理，没让我们负一点点责任，光是冲着这点，我们就应该去送送老顾。"长脚说："你这个话说得就没人情味了，即便是要我们担责任，老顾就不送了吗？""我不是这个意思，"金发辩解道，"我的意思是人家非常体谅我们。"

"好了，好了。"郝明挥手道，提出了浴室的临时调整方案，客人们或许有意见，但也没人提出异见。

那天下午，乐清底楼入口的大镜子上贴了告示，A4 的打印纸，四个角延伸出斜向的透明胶，仿佛乌龟的四个脚，头上还不放心地加贴了一条，纸面黑色粗笔四个字：

停休一天。

小厅里挤满了人。除了第四代、嘉善的那一脉，老顾的小辈基本到齐了。在多数子女的记忆里，父亲是个不懂交际的人，退休之后就没见过同事往来，也许，他独居龙门邨的晚年，有人上门探视，他在混堂里应该有朋友吧，不然，这九个陌生男性又是什么来历呢？郝经理、宇庆例外——前天在医院里已经打过交道了。如果不是小儿子介绍，他们只当其余的都是父亲的浴友。好比老申，不仅来了，还带了白包。郝明以乐清的名义封了一大份。二女儿不肯收，最后，理智战胜了情感。

老顾生前的单位早就倒闭了，关系一转再转，比九曲桥还迂回。退管委的代表致悼词的时候，老顾的第三代们，听着一个又一个国企或倒闭或合并，神情有些复杂，第二代们也不习惯悼词里的父亲，白璧无瑕的完人。代表替稿件翻页，低头凝视，继续用普通话宣读。这是一个五十多岁的男子，脱发严重，他的工作就是参加一场又一场的追悼会。

棺木里堆满了鲜花。盖棺的时候，四个子女，一个儿媳，一人一枚钉子一把锤子，从五个角上，顺着早就冲好的孔槽敲击。金发看着，咬宇庆的耳朵："好结婚就尽量结婚，好歹以后还有人帮你敲钉子。"

豆腐饭的气氛就缓和多了，总共三桌，与乐清有关的九人独立一桌。吃到热菜上来，小儿子独自过来敬酒，大伙紧张地全体起立。对方举着酒杯，祝酒一般，说："老头子在的辰光，大家的关心和照顾，做子女的心里有数。浴室每趟碰着采访大家总归推他出来，每趟都要介绍他。好几趟，在电视上报纸上看见他，老头子体谅，总归讲阿拉多少孝顺，讲阿拉多少好，实际上，好不好自己心里明白。怎么讲呢？老头子平常闷声不响，不大帮人家搭讪，实际上他在浴室里一直是老开心的。真的。老开心的。怎么讲呢……不谈了，不谈了。谢谢大家。”酒杯被他举得更高一些，与各位逐一碰杯。几个碰杯早的，仰头打算痛饮，他清清喉咙，说：“怎么讲呢，我希望浴室继续开下去。快过年了。或许今天的场合不大合适，但是我还是想跟大家拜个早年，希望浴室生意兴隆，大家平平安安。”他哽咽着讲完，调整情绪，再次祝酒：“谢谢大家，我代阿爸敬大家一杯。”

全体一干而尽。

“谢谢大家。”他放低酒杯，又讲了一句上海话。

310房间的老太

我每次去养老医院看阿娘都会哭。阿娘躺在床上，稍许侧身，看见我的两边颧骨滴滴答答，她的眼角就湿了：

“戆小囡，哭啥啦。”

这是我老婆极不愿意面对的一个场景。她的应对办法是起身去抽餐巾纸，一张给我，一张帮阿娘擦。窗沿上摆了一大包餐巾纸，阿娘瘫在床上，根本摸不着，这包东西纯粹是摆设，或者说，是家属的安慰剂。

怎么又哭了？出医院，老婆问我。我也问自己。答案可以是阿娘的手臂——皮皱巴巴的，荡下来，像挂在竹竿上的烂布头；可以是这间病房，十一个床位，拥挤、潮湿、吵闹，还滑稽地叫310，每个上海户口都要面对的数字；可以是阿娘的强烈意愿，她想离开这里，只要能回家，怎么都行。当然，还有其他的因素。想到这里，我开始思量，我上次为啥哭，顺着这条逻辑，我意识到，距离上次探访，时间可耻地推进了四个月。

老婆的阿娘很早就故世了。她是上海的原住民，也就是上海人讲的“本地人”。从小，老婆管爷爷叫“大大”，奶奶叫“阿奶”，“阿”的发音奇怪，像上海话的“嗯”。差点味道，这个音我始终发不标准，自觉没有锻炼的必要。老婆倒是跟着我“阿娘”“阿娘”地叫，学了一点宁波话，对婆家的内部矛盾有她自己的看法，她总认为我的哭是真哭，阿娘哭，其实那是在做戏。

有演的必要吗？经验告诉我，对低泪点的“碰哭精”来讲，哭可以是一种条件反射，好比切洋葱，空气里浓度足够，眼睛自然而然就分泌眼泪，能控制的那才叫演。不过我拿不出任何反驳的理由，因为即便是我哭得最伤心的时候，心底里也认同，阿娘实在是个厉害角色。

我结婚那天，阿娘没来，理由是身体不适。大伯母见到我，一个劲地打招呼：“早上起来还好好的，问她，她说知道，午饭吃好，突然就不行了，说不舒服，不想来了。”大伯过来咬我的耳朵：“可能是被小姑的话刺激到了。昨天她来看奶奶，奶奶就问她，要送多少红包，小姑就说，你就这样一个孙子，怎么着不能低于一万吧。然后老太太就睡不着觉了，折腾了整整一晚上。”

在我，这是无法弥补的遗憾；在母亲，这是重拾埋怨的动力。她和阿娘的关系原本就很糟糕。好些年，即便春节，她也不肯去看阿娘。她总是念叨着自己的屈辱，当年是怎么被赶出来的：各种瓶瓶罐罐、痰盂啊、马桶啊，一切龌龊的东西都塞进我们住的小房间；之前几天，她们大吵了一架，起因是阿娘晚上要看电视，不争气的我，眼神总在作业本与肥皂剧之间摇摆。“我啥辰光赶过伊啊，是伊自家要跑的，帮我搭啥界啊!”学生时代，我回老房子看阿娘，她一直是这个态度。可怜的父亲，就此成了三夹板和倒插门，直到老房子动迁，气氛才缓和。我成家之后的第一个春节，母亲勉强答应去给阿娘拜年，吃一顿团圆饭，我想，母亲对着阿娘说出那句“姆妈”的时候，心情是纠结的，如今她已是媳妇熬成婆了，一举一动，自己的媳妇就在旁边看着。

可惜这样的团圆饭就吃了一次，好在还有那么一次。

我老婆第一次见阿娘是在ICU重症监护室。大年夜的早上，大伯母发现阿娘昏迷在床上，床头柜立了一只空药瓶。我们赶到医院的时候，人已经抢救过来了，张着眼睛，盯着抢救室的天花板，或者茫然地瞄瞄小辈，问点我们也想晓得的问题：“哪能回事体啊？此地是啥地方啊?”我看形势相对稳定，就站在医院的过道，给还是女朋友的她打电话，申请取消初二对她家某亲戚的拜访。“确定没办法去?”她问我。我只好把阿娘的病情放大一点。至于为何自杀，大伯的解释是：“她最近一直在闹情绪，小年夜那天还撂了一些狠话，总之是，你们不给我好日子过，我就不让你们过个太平年。”“然后砰的一声，”大伯母拍手模仿道，“她就把卧室的门关上了，谁想得到呢，她居然把一瓶安眠药全吞了，实在是太过分了。”大伯夫妇都是知识分子，斯文人，极少失态。

很快，阿娘就给我们新的颜色看。她进了ICU，一连几天，我们只在下午四点有半小时的探视许可，看一个戴着呼吸器、浑身插满管子的老灵魂。我打电话给女朋友，催她来一次，我甚至怀疑这是她们相见的唯一机会。对于大多数的独生子女来说，他们婚后起码有四个老人要赡养，还有一堆亲戚要走动，尤其是春节。所以她能在初四现身，展现了毛脚孙媳的境界。或许，这就是那天阿娘苏醒的原因吧。一个月后，她拄着拐杖上到二楼的家。于是，大伯他们多照料了个把月，忍无可忍，回了外地。“好了，太好了，终于走了，”我去看阿娘，她靠在床上看电视，快乐地吐槽，“我要好好活下去，活给伊拉看。”滑稽的是，早先吵着闹着催他们回上海的也是她。从亲戚的反馈意见来看，阿娘对大伯母做的三餐有意见，吃得太简单太马虎，口味也不对，对大伯禁止她和朋友往来尤其愤怒。阿娘是虔诚的佛教徒，手头不宽裕，但对于捐香火钱在山上建这修那的，颇为热忱，好些访客就是瞄准了这一点。

“全是骗子，”阿娘三年后又住了医院，我问大伯，他说，“你怎么知道她们是不是真照做了，还是私吞了。她们还卖假的保健品，奶奶多精明的人，居然相信，买了一大堆垃圾，全被我扔了。”这些“骗子”后来来看过阿娘，那是她出医院转入现在这家养老院性质的医院之后。我是听护理她的阿姨描述，猜想的。现在阿娘的财务是孃孃在掌管，估计让她们失望了。

在阿娘独居家里的最后三年，我们为她请过两位这样的阿姨。请之前，她就竭力反对：“哦，我还有四个子女，不好照顾我啊？

还要出钞票请娘姨。”钱当然是子女分摊，她的反应那么大，是预估了未来，请了阿姨，差遣子女、想要经常见面就难了。“现在的娘姨多少坏啊，多少恶啊。”那时去看阿娘，她总说世道变了，娘姨翻身，比主人还坏。“现在的娘姨，满脑子只认两张人民币，好偷懒就偷懒，好乱来就乱来；老早的娘姨，三顿吃不饱，主人供吃，供住，还有工钿，积少成多，寄回乡下，所以晓得感恩呀，对主人贴心呀，老早的娘姨多少忠心啊。”

我不晓得阿娘的分析有多少社会依据，还是民国电视剧看多了，但是，我在我们家祖孙三代对女仆的称呼上发觉了一些细节。阿娘叫她们“娘姨”，这句宁波话带贬义；父亲叫她们“佣人”，他说以前上海人叫“用人”；到了我这辈，女仆的社会地位一升再升，尊称“阿姨”，好似娘家亲戚，或者说，我们希望得到亲戚般的照顾与温暖。可惜，她们把客气当福气，社会口碑一降再降——其实也是顺应时代精神，因为亲戚的味道也是一路跌停。

于是，头一个阿姨被阿娘塑造成了骗子加小偷。但凡小辈去看阿娘，问起阿姨的情况，总是各种劣迹：偷油偷肉，翻她的抽屉，被她呵斥之后，就转而偷衣架偷堆在阳台的纸板箱。到了第二个阿姨，仍旧如此，大家就有些怀疑，不过还是顺了她的心意，勉为辞退。大伯在外地，不受待见，不愿回来，尽管这套房子当年立过字据，归他，他的三个弟妹只好每人一天，买汏烧，样样照着阿娘的口味来。人都有惰性，都会生病，加上儿辈孙辈、旅游聚会，种种负担，有很多请假的理由。今天你代我，明天我代她，搞到后来，一笔糊涂账。照顾的人怨，被照顾的更怨。理想中，她应该被儿孙包围，清早眼睛睁开，早餐就在桌上；人要多，但不能吵，晒太阳逛花园有人陪；这里那里不舒服，申述之后就会被带去就医，必须专家门诊，够她细细倾诉；午睡时间要安静，夜里电视看完，所有人统统回家，不能影响她休息。小学的我，曾经由阿娘带养过八个月，老宅的一楼是地段医院的消毒室。阿娘和护士们都很熟，连带着医生都特别照顾。开门七件事也便利，出门就是裁缝铺，右转是露天菜场、食品商店、百货公司。邻里热络，麻将搭子也多，哪像后来住进新公房，那么冷冷清清。经历过动迁的人容易害上美化往昔的毛病，是旧居以及它的社区太亲切可人，还是当下的生活太不如意？年轻人乡愁，因为那时烦恼很少，除了学习；中年人乡愁，因为那时死亡还很遥远；老年人乡愁，因为那时还能行走。后退十五年，阿娘一定会在小区花园跳广场舞，穿梭在“王家姆妈”的问候声中，而不是坐在阳台上眺望远方。为了恢复往昔的荣景，她开始编故事。三个子女，谁去看她，她就败坏另外两个：“没来过，啥辰光来过啊。只有侬最好，只有侬记得我，我就侬一个子女。”这份褒扬实在太重，压得受赏之人透不过气，所以没有一个人听完是笑脸。有一阶段，我时常接到亲戚的电话，传递阿娘对我的思念，她们询问我的近况，语调谦和，建议我抽空去看看阿娘，我说我前两天刚去过啊，她们都很惊讶。

我曾经有过计划，找一些感兴趣的话题向阿娘讨教，这样，就有充足的动力经常探视。起码试了两个方向：一是上世纪八十年代的上海，我的童年；二是四十年代的上海，阿爷阿娘离开舟山老家的节点。我一直找不准我们这个家族在上海的根须，手上最早的一根指向解放之后，父亲刚学会走路，阿爷带他回宁波奔丧。"我的阿娘老早就没了，我记得阿爸就带了我去，他背行李，牵牢我的手，乘船去的。"父亲记得这事，主要是因为一座独木桥："老窄的，阿爸背了行李，关照我，叫我乖乖等好，等他过了桥，放好行李再背我过去，"讲到这里，父亲总会笑场，"结果他前脚刚走，我就后头跟着，等他过好桥，回头一看，吓了一跳。"

这是一个我老茧都要听出来的故事。人对遥远往昔的记忆酷似一本艰涩的小说名著，容许虚构，你抱了热情啃读，结果一次一次，只是翻阅开头那十几页。在和阿娘的实际交流中，我每回都是这个感受。永远在抱怨，对象不变，句式不变，连起承转合都不变，无论你和她说什么，她都有本事转到预设的话题。那是一些我无法解决的矛盾，隔一阵砸过来，浓度到了，就哭了。我也搞不清楚，自己是在哭她，还是哭自己。久而久之，我变得怕见阿娘。

她最近有了新的抱怨对象，那个护工。310房间不大，却有十一个床位，除了阿娘，都是瘫痪的老太，阿姨一人护理。电视机永远开着，还很响，不知开给谁看。房间里永远一股药物混杂霉潮的气味。我听姑父说过，他第一次来完全惊呆了，找到医院的领导，要换个人少的房间，后来发现，这是目前最理想的，而且阿娘的床位也是最理想的，靠窗，通风好，还有阳光。至于换地方，除了养老院，现阶段也找不到更理想的，在这里，医护费用可以走医保，家属要交的，仅仅是护工的钱。

护工是个苏北阿姨。我们去看阿娘，她都是笑着搬凳子引我们坐，然后闷声不响消失了，去外面洗东西。不难觉察，她其实并不欢迎家属的探访。家属一来，必然要影响她的护理，当着家属的面做这些事情，演技再好，也绝对拿不到满分，哪怕是护理别家的老人，也会留下一些坏印象，让他们担心，自己不在的时候，自己的亲人大概也会被这样"虐待"吧。所以，她尽量避免与家属的接触，神奇的是，每每我们话别阿娘，正要出门，她倒回来了，微笑着打招呼，继续忙护理。在她，全瘫病人是最好护理的，反倒是阿娘这种腰椎有伤、脑干出过血的难伺候。她不敢对阿娘做任何的康复理疗，也没这个空闲，就任由阿娘躺在床上。阿娘不是一个安分的人，她有怨，吃个饭，一会儿要喂，一会儿要自己吃，经常晚上十点叫饿，护工只好起来帮她搞吃的。有一次，阿娘抠尿布里的粪便，抠得被子里到处都是，阿姨气得洗了一下午，向家属投诉。她这样忙东忙西，每天每床收四十元，医院还要提成，逢年过节，有几个红包，家属给的。有一次，我们也给了，护工一走，阿娘说："钞票到手，面孔笑成花一样。"我们都笑了，然后就觉得很难受，阿娘越来越犀利的思维足以证明她有能力出院，她也一再表达过这个意愿。

家庭会议讨论了该议题，阿娘当然不在场，不然，当我们受制于“谁能保证她的脑子不会再出血，万一出事情谁来负责”的时候，她肯定会发声。她始终觉得自己是被子女丢进了养老院，而不是他们说的医院。为了消除这些负能量，子女们在她九十大寿的那天，特地用轮椅推她出去吃了一顿饭。这是一顿秘密进行的寿筵，第三代无一人受邀，我是事后才听父亲说起的。说他们推她到医院的门口，给她看医院的招牌：“喏，看看清楚哦，姆妈，是医院哦，不是养老院。”那天和今天一样，天气特别好，能看到接近电脑屏保的蓝天白云，他们在一家小饭店里为阿娘过了她的九十岁大寿。我问父亲，阿娘的心情如何，有什么特别的举动。他说没什么特别的，就是推回去的时候，要吃棒冰，实际上她就含了一口，不过，笑得蛮甜的。

卢湾的秋天

1

淮海路曾经在方方面面走在上海的前沿。在随了车流过马路还是常识的时候，淮海路的少数路口就有实验彻底的人车分行。实验失败了，主要是路人，无法忍受吃两个红灯的可能，尽管更长的等待能带来穿行的绝对自由以及更重要的安全。渐渐地，交通协管员也无须饶舌了，他们被一种更啰嗦的装置所取代。分布在十字路口的四块街沿，黄色的警报装置用预录的女声提醒越界的路人，退回等待。路人难得听劝，个别识相的，无力让装置闭嘴，因为它针对的不是某个人，而是所有人，只要有人越界，它就不会罢休，直到愿望彻底满足，或者绿灯翻起。

让徐渭难堪的是，他时常忘记这些装置的存在。每每他去 D

电影院消磨时光，眼看着影院就在淮海路的另一端，而迎面的交通灯却是红的，他的轻快脚步难免有点焦躁。于是，他就听到了那个女声从意识的地平线钻出来，与他的伦理观念角斗。最后，他还是会退后，这样就离身后的女性内衣专卖店更近了。这家沪上老品牌在淮海路屹立了几十年，沿街橱窗曾是上海的性感坐标。像个绅士，徐渭审视起橱窗里的木头模特，它们目睹了这些年淮海路的颓唐，大批商铺，或易主或空窗。今天，同样驻足欣赏的还有一位中年女士，穿着七分袖风衣，蓝黑双色条纹拼接，搭配左手勾的红皮包，若非右手捏着快吃完了的年糕团，她会是一个不错的模特。

再留意到那位女士是在影院的大厅。徐渭从机器上取完票(他花了十八块八，票券上印的却是三十六)，转身发现茫然张望的女士，被瘸腿黄牛纠缠，说如果看电影，问他买兑换券能便宜五元。没心思管闲事。徐渭验完票直奔三号厅。银幕黑着脸欢迎本场的第一位观众。照旧，他坐在七排四座。她会不会来呢？借助手机，徐渭查看本场的出票情况，确定六排三座已售。六排三座已售他当然知道，不然今早也不会订票。每周二的下午两点出头，D电影院总有一场电影，这里只有三个放映厅，加上对她口味的了解，掌握上述规律，他的阳谋通常奏效。就这样，他们贴得那么近，一起看了十场电影。

第一场是《刺客聂隐娘》。百余人的小厅就七个观众。开映就听到后面一对情侣在抱怨，画面怎么是黑白的，怎么不清晰。后来，每过半小时左右，甬道会响起一到两组不再回头的脚步，到了字幕走完，徐渭收拾情绪，预备起身，前排那位女观众被离席的动作带着回眸，惊讶有人陪她坚守到最后。徐渭也是面露异色，因为认识她，而她却不认识自己，同时又纳闷，她是何时进来的。电影也是一团团的疑云，所以隔天过来二刷，没想到再次遭遇。右肩挂一个企鹅文学图案的帆布包，她低着头，一步步，入座前才扫上徐渭一眼，下周二也是如此。聂隐娘在银幕上杀与不杀抉择了三回，徐渭基本搞明白了，只是为证实对她的判断，隔天下午又来追捧。这回扑了空。失望，他当然失望，不过很快就被一种释然的轻松冲淡了。

自结婚以来，徐渭还不曾像最近这样看电影。学生时代，他倒是常看电影，那时看电影就真的意味着电影院，意味着胶片。初一那年，有次学校组织看电影，放的是《东邪西毒》，现场一千多人被折磨得七荤八素。有位老师是摄影爱好者，此后的几天里，他还沉浸在看了这辈子最美的一部电影的喜悦中。那位老师替徐渭开蒙，教他绘画，后来这成了他的饭碗。多年以后，徐渭大致看懂了《东邪西毒》，他感觉这是一部关于四季轮回，探讨时间的爱情片，时间也有终点，就像一支烟，会燃尽的。婚后，有次回娘家，他路过向明中学，发现老校舍全拆了，学校搬到瑞金路的另一端，校门口的“卢湾”被“黄浦”所替换。他跑进旁边的红宝石，坐里面一口气吃了两块鲜奶小方，确认那是记忆里的味道，就又打包了两块，外加一盒瑞士卷、两包菠萝排。

正片之前的广告快要放完了。别的观众或盯着银幕，或吃着零嘴，或是在聊天，唯有他，视线没离开过甬道口。

2

美娟没有票就过了验票口。还没轮到她，她就跟撕票的伙计说："我是来寻老汤的，汤振华，此地的放映师。"那个青春痘比胡子还多的男生，左手捏着前面姑娘（背个很洋气的帆布包）递来的票，戳向靠墙的办公室，说："汤师傅，有人寻。"

后来，等到老汤从楼上放映室下来，捧着太空杯推门问："啥人寻我啊?"美娟才从员工办公室的沙发上起身，细细打量他的变化："老汤，是我呀。认不出啦?"迟疑中，他惊呼道："美娟。是美娟。真的是美娟啊。"

同事们都不看电脑了，工作的心思全转移到八卦的热情上。办公室弥漫着疑云，怀疑这位叫美娟的，就是老汤传说中的前妻，同时感叹，叹人家保养得好，着装啊，包包首饰啊，无不昭示着一位贵妇的自我修养。王经理例外。当然，他也有愣神，只是陷于别的谜团。D电影院要说见过老汤前妻的，除了当事人，也唯有他了。他调任这里是八九年，整个事件略知一些，只晓得老汤的前妻是个间歇性精神病，横吵竖吵，讲他在外面轧姘头，家里单位里不太平，后来闹上法庭，居然判了离婚。代价是儿子没了，自此，老汤以父亲的名义去探视，没捞到过任何好脸色。这些老皇历仿佛一盘盘的旧胶片，经由王经理以及当事人的放映，在那些八〇九〇后的心里，放出了 3D 片的叠影。年轻人好奇心重，时常以八卦的姿态显示他们对老前辈的关爱。譬如小方，她此刻已经去拿矿泉水了。

“阿姨，吃茶。”小方递给美娟一瓶水，没等对方道谢，她转身说：“汤师傅真没劲，也不帮大家介绍介绍。”老汤还没缓过神来，亏得美娟解围，说：“我是汤师傅的朋友，确切地讲呢，是此地的老观众。老早电影票吃香呀，跟火车票差不多，老汤热心人，经常帮我买票子。”“是的呀，”老汤搭腔道，“老早电影票多少紧俏啦，看场电影隔日好在车间里吹一天了。一群人围牢你，听你讲电影的内容，听好以后再批发到其他车间去，所以尽管那时头轮电影的票子贵，但是小老百姓还是挤爆头想看，为啥呢，看的就是这种感觉。”“也不光光是这种感觉，”王经理接口说，“头轮影院的胶片都是新的，效果绝对好，等到换档送到两轮影院，胶片因为放的时间长了，变脆了，色彩也不对了，所以头轮票子贵，贵是贵得有道理的。”

同事们当时肯定是把王经理当叛徒看了，不然他不会去续茶，而老汤也未必会立即引了美娟出去。他们前脚后脚，转到附近的红房子西餐厅，要了两杯咖啡、半桌点心。

“太多了老汤，吃不掉的，再讲我根本就不饿。”

“吃不掉打包，不搭界的，难得你想到来望望我。你来我开心呀。”

“超过半个钟头要紧吗？”

“不搭界的，现在都是数码放映了。你以为还是老早啊，放部电影要两三个人围了转，十分钟一盘胶片，准备工作一大堆啊。现在是一个人看三个厅，统统数码化了，片子拷到硬盘里，密钥一输，就OK啦。”

“等于是电脑放喽，”美娟感叹道，“那么，老的胶片还有吗？”

“你讲胶片设备啊？还留了一部。只有上海电影节的时候会用。电影节有种片子过来真的是胶片。一到电影节了，电影院就头大，因为设备长期不用，碰着老拷贝片基脆，一放断掉，一放断掉，而且现在的小家伙已经不会放胶片了。我们现在总共四个放映师，除了我，还有一个〇七年进来的小家伙会放胶片，他正好挤进尾巴，后头几年就统统改成数码了。”

“再做两年你也要退休了哦。”

“是呀，还有两年，真到了退休倒不晓得怎么办了，一个人去哪里好呢？”老汤喟叹道，“美娟，讲讲你呀，不要老是讲我呀。还有，点心你吃呀。讲我有啥讲头啦。孤老头子一个，没花头的。”

于是，美娟沉郁地做了告别。明天，她就要和丈夫移民加拿大了。静安区常住的公房上周刚卖掉，昨日房子交接，碰巧隔壁开派对，大门敞开，楼道就两户人家，真是热闹。那对小夫妻搬过来也有三年了，两人加一块，和美娟说过的话少于一百句，主要是“你好”“再见”这类套话。美娟把钥匙递给新房东的时候，那个妻子正在扎垃圾袋，随手堆在门外。“妹妹，再会了哦。”美娟主动跟她道别。莫名其妙的伤感，尤其听到“阿姨再会，多保重哦”后，美娟突然很想和她，还有她的老公（一个疯狂的摇滚乐迷，用各种残暴的唱片折磨邻里）再聊几句，因为她知道，这辈子不会再见面了。这些感喟她瞒了老汤，光说独生女儿是二〇〇八年赴北美读大学，毕业也没回来，前年嫁了当地的华裔医生，不久荣升两个男孩的母亲。往年，美娟和丈夫也会去加拿大。总归是每年六月过去，陪女儿一个夏天，也是避暑，要到国庆节才回来。规矩去年破了，因为照顾女儿外孙，在加拿大住了近一年，今年夏末回来就是善后，预备移民。

“也许还会回来看看，”美娟看老汤点心也不动了，说，“但是，不管怎样，既然打算走了，终归要来看看你的。”

老汤没应答，招呼服务生，要一包砂糖。服务生给了他两包。他倒不客气，拆了全倒进杯子里。银质调羹一头是老汤的粗手，一头是滚烫的咖啡，呆滞地在漩涡里转。

“多少年啦?”老汤突然问道——调羹被他搁在碟子上，碟边有缺口。

“啥多少年啦?”

“我讲，距离上趟碰头多少年啦?”

“二十六年了。”

“辰光真快啊，”他以一种欣赏的目光凝视她，“你倒是没啥变化，还那么漂亮。”

"五十三来，老菜皮了。"她也不晓得该讲点啥。也只有她明白，自己为这次会面花了多少心思。她今天是精心妆扮过的。她丈夫以为她在酒店的镜子前那么考究，是为了晚上的告别宴，是为了给亲朋好友留下最美好的回忆。

他们聊足了一部电影的时长，主要是听他聊，聊家庭，聊子女，让往昔的遗憾成为彼此的笑柄、咖啡的伴侣。后来，这个下午在老汤的记忆里被浓缩成了一个拥抱。临了分别，她说："老汤，让我再抱抱你。"他就抱她。抱了多久？他只记得下巴靠在她那件漂亮的蓝黑风衣上，还有她手里的点心盒子，在自己背上哆哆嗦嗦地刮蹭。

3

"是他派你来的吧。"

"什么？"

"别装了。我知道。是他派你来监视我的，"她的语调和她的神色一样冷，"你觉得这样有意思吗？"

徐渭留意到影院里不仅是她，还有打扫卫生的阿姨，也盯着他，仿佛影片还没放完，而他才是那块大银幕。

"三水，你误会了，"徐渭说，"我不明白你说的他是谁，而且我也不是谁派来的，我就是自己想来。"

"还不承认！"她冷笑道，"连我的名字都知道。"

“不是，你真的误会了。如果我要监视你，我就不会一个礼拜只监视半个下午。你想想看。”趁她思忖之际，他又补充道：“知道名字是因为我看过你的展览。你叫三水，因为真名里有个淼，拆开来就是三个水。还有你的作品。你的作品远看很像山水画，感觉很漂亮，实际上是一堆城市建筑垃圾，是摄影拼贴出来的。我还知道你出生在青浦，但是从来不说上海话。你的大学是在香港读的。我知道你在想什么。你大概把我当猥琐男来看了。怎么说呢，我只是很喜欢你的作品。我很羡慕你。是的。羡慕。有机会和你一起看电影我觉得很荣幸，也很愉快。”

他思索着再讲点什么。显然，在他饶舌的过程中，对方没有过激的反应，仿佛被一套组合拳打得踉跄，于是，他提议出去共用下午茶，理由是：“如果你想继续在这里审问我的话，我想我们得再买两张电影票了。无论如何，我们先得出去。”

当天的回家路上，三水还在纳闷，怎么就答应了这个怪物。当时明明四点半了，传统定义的下午茶时间就快燃尽。大概是因为他不够猥琐吧，于是鄙视自己，永远踩在外貌协会的阴影里。当初也是如此。那时她还是业余艺术家，不排斥为时尚类刊物拍大片，留着干练别致的短发，一缕刘海，永远是紧身牛仔裤加高帮帆布鞋。有次镜头对准的是个帅气自傲的男演员，责任编辑不晓得从哪变出一盘残破的电影拷贝，胶片抽出来当绳子捆，把他绑成了唐僧。男演员并不欣赏这个设计，因为他是个话剧演员，自认为和胶片的结合是一种倒错。她坚决附议，却无法阻止原计划的推进。

但是，眼下这个叫徐渭的男人不是这样的。他是多么叫人讨厌啊，连他的名字都让人心绪难平，为中国传统书画的往昔风华扼腕。隔了两周，旧疑新提，三水想起下午茶那天的灿烂阳光，气温平白无故拔到二十二摄氏度。谁料隔日即翻脸，阴雨绵延，周末才转多云。那一连串的雨下得好诡异，不声不响的凄厉，有天下午，她闷在家里对着电脑拼制新作，锁屏软件每半小时发作一次，她起身转转脖子，临窗远眺，那倾斜的雨线倒像是徐渭的口水。他绝对是个插话师，居然自称是干插画的。这家伙，面对面坐下不久就开始谈他的婚姻，并不如意，还说和她同病相怜。他不光知道她有丈夫（那个话剧名优，新近参演了一部热门电视剧，在里面塑造一位出轨的神经科大夫），还清楚最近在闹离婚。一个陌生人，一边展示他对别人隐私的强劲储备，一边又慷慨地喷射自己的部分，仿佛爆裂的消防栓。有几次，她几乎就要反击了，想要一问究竟，可他却一个漂移，陷入了无休止的诉苦状态，简直把她当成了神父或者上帝。越是这样，她倒不敢问了，保持距离，免得溅了一身还满。就觉得里面有阴谋，她吃不透。偏偏形势失控得厉害，甚至于，他还说起一种传言，说是圈内流传，说她闹离婚，是因为她的丈夫不爱女人。听他说话，她有一种幻觉，好像自己是娱乐圈的，是大明星，而非艺术界的新锐。其实，她的作品不过是趁年初新起的被收藏的势头，一件能换个几万元。

“想过生两胎吗？”他还这样问。

“你肯定知道我没有孩子。”三水答的时候都懒得看他。

“我知道，我就是想问你，想过当两个孩子的妈妈吗？”

“无所谓，这种事情我不会勉强。”

“想想我们八〇九〇后这两代人真是可怜，就这样成了中华历史唯一的独生子女。婴儿潮、晚退休、两个小的四个老的、性开放、同性恋，什么新鲜事物都被我们赶上了。”发现三水对此毫无兴趣，徐渭反思道：“我是不是太霸道了？什么话都让我说去了。对了，你有什么想问我的吗？”

“你真是插画师吗？”

“是啊。我画很多我讨厌的插画，按照客户的要求画的，然后把它们印在客户的结婚请帖上。就这样。我在淘宝开店。”

“这也能赚钱？”

“再接点商业插图，乱七八糟的，钱够花就行了。反正我又没有孩子。我倒是想要个孩子。”

4

老汤得感谢政府。那天与美娟作别，他并没有回电影院，只给王经理打了告假电话，就灰溜溜地回家了。次日上班路上，他终于想起了同事们，想起难免会被提审，提审昨日之事。所幸静安区与闸北区正式合并的新闻抢了头条，新闻是在手机端率先发布的，老汤这种不用微信的是没法与时俱进的，于是，他进了办公室，大为吃惊。但是，静安也罢，闸北也罢，和他们并无牵扯，缺乏利害关系，舆论很快就调转了枪头。

“真的，”老汤有点烦了，“纯粹就是普通朋友。”

“哎哟，汤师傅，你是单身呀，我们也希望你有个伴，不要紧的，帮我们讲讲呀。”

“没的你叫我讲啥啦，总不见得瞎编喽。我倒是希望跟她有花头啦。有用吗？有个屁用。”老汤喉咙一响，两个小青年顿时气焰消了。

“汤师傅，你最近去看过儿子吗？”

“去过一趟，小赤佬头皮桥，不睬我。”

“他结婚了吗？”

“没，只听说有女朋友了。”

“那么房子呢，他娘帮他搞定了？”

“应该没吧。就他们的条件，顶多买个厕所间。”

“那他倒是蛮厉害的，你好坏总归是他的爸，而且还有套房子，这样硬撑对他有啥好处呢？”

“这你要去问他娘了，从小教育得好。看见我还是雌老虎一只。”

“她的神经病算好了吗？”

“她也不算是神经病，就是歇斯底里，激动起来就像发神经病一样。”

办公室沉默了。后来是王经理，插嘴道：“不过，你别说哦老汤，昨日你这朋友来了以后，我心里倒是蛮失落的。”他话说一半，环视大家：“讲讲现在电影市场好，跟我们有啥关系呢？现在好，好在那些小城市，上海我是一点也没感觉好。跟老早不好比，真的不好比。老早电影院一千多只位子，真的是一票难求。我有时候想想，我们这叫是老牌子、老建筑，要不然老早就拆掉了。”

“那么老早娱乐少呀，”老汤喝口茶，说，“我记得八四年之前还全是单位包场，售票口就跟现在一样，摆摆样子的。那个时候全是国有企业，单位大呀，千把张票子到手又烫不平的。你有我没，那么就想办法了，通关系，开后门。所以后头我们开始放通宵场，我记得特别清楚，头一天开通宵场，队伍从电影院门口一直排到锦江饭店，因为通宵场是真正对外门售的。我当时还没结婚，住在单位里，靠窗值夜班，半夜里哦，吵死人了，你一句，他一句，叫现在的讲法就是影迷呀，熬夜排队，吹牛皮。一人限购两张，买得着买不着不晓得，反正死人不管，全部排着。后头派出所慌了，派人过来。讲起来呢，昨天这朋友我就是当时认得的，当时还是小姑娘呢，在电影院门口被打桩模子为难，我嘛打抱不平。”

“汤师傅，你老早住在单位里的啊？”

“住了快五年呢，从八〇年头上进单位到八四年底结婚。我之前在南汇农场放露天电影。野路子，后头调回上海才去考 pass，就是放映员资格证。”他兴冲冲赶到办公室的角落，那个属于他的小桌子，翻出一本血红色、巴掌大的证件。小方第一个凑过来看，哇哇叫："哎哟，汤师傅，看不出嘛，你老早是小鲜肉啊。"

"好了好了，"老汤把证件收到兜里，太空杯一提，"不吹了，到楼上晃一圈。"

一楼过道到底，把三个放映厅甩在脑后，就见一道暗门，掩护总共四折的扶手楼梯。楼上便是放映室，一个瘦长条子；三台耕牛模样的大机器亮着光，占了空间的大半。卢湾区撤牌那年，新区要做一本旅游宣传册，老汤接待过一位傻问题不断的撰稿人，背个双肩包，稍一转身，包撞上机器，然后就从墙体传来观众的责难。类似的参观后来是能免则免，推不掉的，反复关照，仿佛进入军机要塞。这要塞除了照明只有一扇窗透光，以前老汤值夜班就在它旁边搭个折叠弹簧床。他是喜欢窗的。他自己住的巨鹿路老房子，卧室窗外的最大亮色是一棵白玉兰，清明一过，花骨朵萌动，引诱他去数，尤其是一〇年母亲故世后，叼了烟头数白玉兰是他晨起的一部分。

或许是年岁大了，梦特别多，老起夜，有时老汤会在梦里值夜班。当年通宵场每周一次，放四部电影，两部之间有十五分钟的休息。小卖部归他管，除了老大昌的法式短棍，还限量供应由黄芽菜、粉丝以及肉皮构成的三鲜砂锅。有时观众太热情，砂锅来不及热，美娟还帮他打过下手。他们在一起，度过了一些美妙而隽永的周末，甚至于，和美娟如影随形的哥哥一度拿他当妹夫使唤。后来，老汤遂了母亲的心愿，娶了她钦定的媳妇，结了婚，再赖在电影院值夜班总不像话。但是，他们一周起码见一次面，去红房子喝杯咖啡，吃些点心，黄昏的半个小时，这是他能逗留的全部时间。这种状态持续了三年，终结于一次告密。老汤的提升泡汤了，同为放映员的告密者次年调到淮海路的另一家影院任二把手。九〇年代电影市场滑坡，沪上影院相继开辟录像厅业务，告密者组织私人堂会，放黄带，被人举报。消息传到老汤那里，他只对王经理嘀咕了一句："幸亏他调走了，要不然现在肯定咬牢我，讲是我举报的。"王经理哈哈笑道："就是因为调走了，如果没走，有你在倒不会出这种笑话了。"

对着放映员资格证上带钢印的老照片，回味往事，老汤多少有点感伤。临近饭点，窗外突然落起雨来，雨越下越大，动静却极小，仿佛雷公电母风神统统不在家。老汤看着窗外湿漉漉的淮海路，花花绿绿的伞，突然很想来一份砂锅，是的，一份砂锅，再配一碗白饭。

5

不知是谁的过失，服务生端来了一碗菌菇鸡汤拉面。"我点的是菌菇鸡汤米线。"徐渭拒收道。服务生拈起桌角的单子，明确没被刁难，闷声回厨房。这时，坐在对面的三水发话了：

"人家菜单上明明写着菌菇鸡汤拉面，你偏偏要改成米线，你很作你知道吗？"

"好吧好吧，我承认我很作，"徐渭说，"问题是我不饿呀，又想吃点咸的。我看你上周吃这个吃得蛮香的，就想试试。”

“无聊的男人。”

几周下来，电影已经不重要了。他们不再光顾D电影院，总的来说，电影院放的东西不对他们的胃口。他变了，话明显少了，仿佛有心事，而她却爱上了表达，舌头一勤快，就容易渴，容易饿，徐渭就有一种感觉，自己是个拳击沙袋，在长乐路的茶餐厅里摇摆。照例是每周二的下午，照例是这家茶餐厅，迎宾员永远带着微笑问他，先生几位，他答两位，然后选在靠窗角落的那对沙发，脱下的外套从风衣厚成轻羽绒，还多了围巾。他们倚靠着落地窗，被餐桌以及桌上的平板电脑分隔开，在线观看BBC出品的艺术家纪录片。其实完全没有什么浪漫可言，要么沉默，要么啰嗦，即便后来他们告别温暖与闲适，投身到环境不断恶化的户外，他们仍旧保持着一定的距离。假使他们的手牵在一起，这点距离会让两个人显得滑稽，好似摇摆的企鹅。当然，她当然明白，这种关系不正常，她缺乏制止的理由，更没有勇气深入。于是，他成了闺密与情人之间的怪物，怪诞的情感寄托在他诡秘的动机面前哆哆嗦嗦地延展，抵抗力的皴裂早在冬季之前。

他们逛过一次淮海路。红房子西餐厅的斜对面有一排老洋房，Art Deco风格，红砖的装饰性曼妙优雅。她边看边问徐渭：

“你觉得淮海路最迷人的是什么？是梧桐树呢，还是老房子，还是商业氛围？”

“淮海路以前是很前卫的，是引领风潮的。你知道我是在卢湾区长大的。我对淮海路是有感情的，但是你说的这三样吧，放在整个上海来看就显得平庸了。”

随后，他领她去参观自己的母校。过了南昌路，迎面过来几个小学生，都背着硕大的书包，都有巴结的家长围护，都举着市区罕见的糖画——光是举，没人吃。三水觉着有趣，因为这东西在她的童年也是美好而时髦的关键词。追随她的步伐，逆着孩子的方向，徐渭找到一个由摩托车改装的糖画摊，就躲在某小学的围墙边上，看手艺人往走形的老铜锅里加红糖，加水，加火候。勺子翻卷糖液，高温吹起一个个泡泡，忽大忽小，待水分排干，就都消失在岩浆似的黏稠中。就见勺子半空斜着，糖液滴落刷过薄油、晶晶亮的大理石板，模仿手腕的灵巧轨迹，流出一幅景观。前面的小姑娘转到了凤凰，手艺人此刻便在创造凤凰。那又黑又脏的糖画转盘，转一趟三元，盘面的内容潦草模糊，转针停了，手艺人来仲裁，说一不二。小朋友很少计较。他们要的是一个感觉，手举得老高，仿佛奥运火炬传递，捏着的那根竹签，粘附某个动物，越看越高兴，至于味道，纯粹多余。

可怜背着柯南书包的小男生，转了三次都转不到龙，环抱外婆的大腿闹，吵着要龙，非龙不可。外婆也就和手艺人协商，花钱买龙。

“十块钱。”

“四块？”

“十块。”手艺人用两根手指比画十字。

“啥?”外婆惊到了，“那么贵啊。”后来手艺人开始画龙了，老太太还在用上海话抱怨，嘀嘀咕，嘀嘀咕，像只鸽子。等小男生如愿高举起龙了，徐渭请教手艺人，能否创作一幅山水画。手艺人说不会，发现徐渭一再坚持，就怀疑他是来捣蛋的。

“山水多简单啊，比你这些动物好画，你画座山，然后下面涂点水流就成了。”

手艺人不出声，埋头熬糖。

“这样吧，”徐渭摸出皮夹，“我也给你十块钱，我自己来画。”收了钱，手艺人也就由着徐渭胡来。他还真煞有介事地耍了起来，画了宝塔型的若干个山字，让它们叠加在一起，又在山的底盘描摹起了流水，一条又一条，简直没完没了，直到耗尽锅里的糖液。最后，学手艺人的样，拿根竹签，不成比例地压在硕大的画面上，再往竹签的上中下三处滴些糖液，起固定作用。手艺人把糖画铲出来，极为谨慎地递给三水，说：

“男朋友挺有本事啊。”

她没拒绝，也没辩解，就和刚才那些小学生一样，举着，在欣赏的目光下旋转。

新媒体

明杰进去以后，面对一胖一瘦两个人。“抓错了，”明杰哇哇叫，后来意识到自己的表达方式不对，修正道，“抓错了，你们抓错人了。”“没错啊，”胖子讲，“不过，我一直认为这种事情都是外地盲流在做，没想到你一个本地人，穿得还蛮体面的——”“别和他废话了！”瘦子开口道，“啰嗦来啰嗦去……”他呱呱呱讲了一通，调出几段录像，放给明杰看。视频没办法做假，证据确凿，包括作案工具，现在就躺在地板上。讲道理摆事实，瘦子最后得出结论，叫明杰别讲废话，老实交代。

交代点啥？有啥好交代？明杰糊涂了。

每个礼拜，总有那么六天，明杰必须去地铁报道，扶一块灯箱广告，站六个钟头。他不是轨交的员工，也不是高尚的志工，对这份特殊职业，公司领导有一个清晰的定位——新媒体。

到底啥叫新媒体，明杰到现在还没搞清爽。老媒体他是晓得的，他现在的公司统共两个人，全部有老媒体的背景，曾经一道就职于某份都市日报，也一道下岗。下岗的原因极简单，报社倒了，因为上头撤资，撤资不为经济上的亏损，是经营策略变了。

明杰站在车厢里，左手扶块灯箱，右手捧册剧本，背靠不会开关的那边车门，这是他工作的标准姿势。参照公司章程，属于磨洋工，公司对客户的承诺是站在车厢正中，也就是通常认为的收视率最高的地方。随便一节车厢，随便一则广告，总归是贴在门上墙上，嵌进拉手，或者屏幕滚动播放——只有“事捷传媒”提供这种服务，把你们的企业、你们的项目带到人口最稠密的上海地铁，最抢眼的车厢正中间。只需要一个人，一个灯箱，绿色环保；当然，还要一定的费用，数目远低于地铁公司的标准。人，目前只有明杰，明天会更好；所谓灯箱，实际没灯，就是一块画框，六十乘一百二十厘米，这玩意，搞当代艺术的中国人不会陌生。为吸引眼球，框极其考究，像艺术品，正中贴的才是正经事：某某婚展、某某楼盘、某某读物……物以类聚，媒体野鸡，客户正气不到哪里。所以，明杰有时扶着一块宣传整容丰胸的牌匾，心潮澎湃。这大概解释了他为啥要捧读，他把自己埋在书本里，好比掩耳盗铃，书的选择由此就成了大问题。他珍惜这份工作，为制造围观，开的书目都很妖怪，换句话说，你不能指望它们被人在地铁这样糟糕的环境研读。什么《金枝》（早年他去北京出差，听“中戏”的女学生介绍，这是表演系的必读书），什么《犀牛》（“诚品”敦南店购入，入境后，一个美女追上他，命令他解开书包，露出封面，他解释道："这本书研究大陆为什么没有这种带角的动物。"），什么《谈艺录》（一路上只能生涩地弹几页），不然就是小众的小说，拒人千里的剧本。实际效果呢，他抬头的时候，发现自己离视线的焦点差太远，大家不是睡觉，就是对着手机、平板电脑，听觉也被耳机摧毁了。极少有人正视这个世界，低头或者闭眼，难怪老人、孕妇、抱小孩的，拼命朝里挤，争取公众的注意或反感。不过，地铁实在太挤，好比室外音乐节看大明星演唱会，是人都想离舞台近一些，再近一点。这就决定了他的上班时间，必须错开早晚两个高峰，也只有这点，跟他过往的记者生涯有交集。

要是能选，他绝对不会把自己关在地下。他一直嫌弃地铁，不愿坐地铁，喜欢乘公交车。晒不到太阳，看不见风景，地铁的便捷与精准建立在一组牺牲之上。在他，这两种公共交通最大的区别是：一旦有人阻挡他下车，地铁上他必须问："下车吗？"或是憋出一句"Excuse Me"，而在公交车上，他可以讲："下车？"对游客来说，公交车是大都市的毛细血管，地铁是动脉静脉。他到过东京，还有中国的香港和台北，完全没有胆色去乘公交车。他当记者的时候，就有这个意识：上海的公交车，乘客主要是本地的中老年人，女性居多。老年人喜欢公交车，因为地铁一上一下即便有电梯总归要多走路；中年人喜欢公交车，因为上有老下有小还没有敬老卡，路费要精打细算。他在公交车上，听到刷卡后的一声"敬老卡"就烦，倒不是因为要让座，而是它强行泄露了隐私:“他(她)已经满七十岁了。”直到有一天,一个中年阿姨冒用敬老卡,被司机当场戳穿,戳穿以后,女司机呱呱呱唱了大半天的单簧。这种情况只能发生在公交车上,地铁里完全没人管,哪怕刷敬老卡的是个初中生。

他同情学生。到了礼拜五,快要去吃中饭,就看见一个个鼓成冬瓜的书包,还拖了旅行箱(该是有多少换洗的衣裤啊)的是大学生,一口奶茶,一口鸡排,耳机塞着照样聊天,把地铁变成高铁。他懂谦让,把自己流放到冷门线路、偏远站点。慢慢地,他成了地底下的老油条。他在地下待的时间越长,就越是有感于它的霉污。横行的叫花子叫他恶心,也来劲。一号线的火车站是重灾区。此地的叫花子如果不是克隆出来的,就是一个学校毕业的:二三十岁的外地姑娘,紧身牛仔裤,灰布衣裳,双肩包胸前挂靠,拉链下头是一套音响(广场舞最普遍的音源功放喇叭合成的黑箱子)、一个话筒、一个一次性杯子,手里牵一个小囡,三四岁左右,性别不限。地铁进站之前,她们就拥在最前头或者最后面的过道谈山海经,小鬼头完全放养,猴子一样,地面上摸爬滚打,饿了,给他(她)一根华夫饼干。开工也有讲究,一班地铁只上一对,从最后一节车厢顺着行驶方向讨,不容易跌倒。火车站上来的,大包小包居多,有些人比叫花子更像吃这口饭的,就有了几秒钟的感官错乱。因为她们登上舞台,先得酝酿情绪:撕开拉链,揌下旋钮,掏出话筒,把含了硬币的杯子递给小把戏。一切仿佛精确编导,地铁起速,音乐响起,硬币与杯子互相撞击,饿了三天的嗓音，夹杂着“帮帮忙”的诉求，翻唱或假唱一首其他场合很难听到的神曲。车厢如果有空间，裤子就成了拖把，不过，苦情戏难演，地铁的拥挤打压了乞讨收入与乘客数量相关的那条抛物线。最难忍的是轮椅乞讨。轮椅占了大半个过道，遇到耿直的乘客，明白她们的收入高过自己，就学栏杆。坐在轮椅上的盲姑娘实在看不下去，央求道：“大哥，帮帮忙，让一下。”他僵了几个回合，终于放行，推轮椅的也改了口风：“谢谢哦，让一下。”

明杰看过一本书，说晚年的贝克特见到乞丐从来不忘施舍，他告诉朋友：“我知道他们当中有些人是骗子，但是，我不能冒这个险。”不愿冒险的真多，有一趟，明杰碰到乘客为此争吵。好心人被两个上海老阿姨一个外地小伙子围攻，认为他的施舍助长了儿童拐卖。施主火了：“钱是我的，愿给就给，管你们屁事儿啊！”明杰仰慕两位老阿姨的见识，再说中饭时间到了，就跟着在东昌路下车，看着她们前胸贴后背，刷一张卡出站。

午饭是延续生命。明杰有一个小时能呼吸新鲜空气。但是，恰恰是出闸到地面的最后一段路呛人。扶手电梯上，一杆杆老烟枪急吼吼地点燃，或者是烧烤的浓烟封锁站口。他改走楼梯，又遭遇新的忌惮。好些楼梯被地摊攻陷，就像好些小区的走道被轿车霸占。上行下行的乘客相互避让，却还是有摩擦。好在有“黑猫警长”，叫摊主紧张，或许因为分分秒秒准备开溜，作为展销平台和交通工具的黄鱼车多数经过改造，备了马达。新疆人例外，他们的黄鱼车尽管素颜，却不惧怕在站外的任意地点登场，车上是木头床板，分成若干格，摆满零食，人倚靠某处，俨然一尊雕塑，突降暴雨也很自如，翻出灰蒙蒙的雨披，直接盖没葡萄干红枣核桃以及杏脯。

他喜欢吃面，健康考虑，财政规划，有许多不方便讲的道理。苏式本帮的面店没有，盖浇饭也行。有时吃得不得法，回地铁后闹肚子，服务台告之，本站上厕所要出站。他吃不准邻站的情况，忍痛浪费了三块钱。这给了他一些启示，传递正能量，下决心制作一张地铁的厕所指南，站内还是站外，邻近几号出口，标示清楚。整整一个礼拜，逐站摸索，地图做得挺括，传上网络被人吐槽。错误都在站外的部分，不能全怪他，如果真是出站去找，成本谁报销？他的答案都是服务台给的。

那天，他从厕所出来，经过“上行线”的报摊，摊主正和顾客诉苦，说乔布斯晚死了五年，现在大家捏着手机不放，他的书报亭，月营业额从七八万跌到两三万。“你以后还是卖卖口罩饮料算了。”顾客讲如果不是因为赠品口罩比报费还贵，她也懒得订报纸。“卖饮料哪管用啊！最好是卖吃的，”摊主说，“我有一个朋友开东方书报亭的，什么手抓饼烤香肠玉米棒茶叶蛋，连方便面都卖，还给借贷、提公积金、典当乱七八糟的打广告。以前这种广告位都是杂志在买，早几年哦，光是各种杂志的发行来查出刊情况，摆的位置好不好，塞的红包就够开销了，现在呢，连个屁都没了……”

他听不下去，变道上了一部四号线。车窗外的电影海报异常醒目："想怎么活，就怎么活！"他心想好笑，饭都吃不饱，居然这样潇洒。一个多月后，他路过思南公馆，看到李欧梵的讲座公告，主题正是那部电影的男女主角。头两排名贤毕至，统一口径，批判影片。他没有熬过提问环节就撤了。会场是条头糕的形状，坐在尾巴上，喑哑的音响叫人成了半个聋子，旁边的老阿姨们用聊天表达抗议："为啥揪牢电影勿放啊？今朝勿是文学讲座吗？""是呀，亏我还带了两本萧红的书想叫伊帮我签名，滑稽来，盯牢一部电影穷讲八讲。"然后由此及彼地讲起上海图书馆的讲座，两相对比，精确到细节。前面一排的时髦姑娘疯抓头皮，回头道："我求求你们了，别说了，这个讲座听得我痛苦死了，上面听不见，光听见你们下面聊。""不好意思哦，"阿姨终于放低声音，"我们也是听得难受死了。"但是，谁也没退场，一切照旧，台上台下，总算在姿态上走到了一起。

他当记者的时候，是圈里有名的毒舌。或许只有他有别的看法：自己的文章从没存心败坏过哪出戏哪个人，就事论事而已，换句话说，自己是在写评论，而不是打广告。世上的记者分两类，一类隐瞒真相，一类挖掘真相。他还没崇高到开挖掘机，顶多是拖拉机，处理问题拖拖拉拉，不爽气，不合群。所以报社倒闭，也没人想到替他张罗。他的条线限制了变道的空间。上海的多数媒体报道文化却不开文化版，常见的，是把文化归到娱乐，娱记久经考验，就像一块肥皂，什么污渍都能洗，改行也容易。如果他负责古典音乐、话剧、图书，或者艺术展览也会比现在强，有很多机构可以跳，当然，明杰的情况极特殊，机构再多也经不起他得罪。这个院那个团，他鄙薄人家，人家厌恶他，招安？凭啥？

按规定，社保交满十五年，到退休的年纪就能领养老金。他问自己，今后的二十多年，没收入，日子怎么办？走到这一步，人格独立的代价有点大。一开始，他考虑戴墨镜。墨镜影响看书，再讲了，冒充瞎子的都不戴墨镜了，他一没破坏环境，二没影响别人，完全可以向其他在地铁混饭吃的看齐，正大光明。所以，那天他一眼就被报社的老同事认出来了。人家偷瞄他手上的画框，正中的婚展海报相当醒目："听说你帮张士凯开了一个广告公司……帮客户送货？""混口饭吃呀。"他说着把书夹进腋下，打听对方新入职的演出场馆，修好了吗？大单位有大单位的吨位，惯性大，所以光是安检翻修就要大半年，但是在老同事的眼里，真正的变化数得出来。

遵照约定，明杰来到这座雄伟建筑，来拿一张京剧名家的讲座票子。往常，这地方他跑亲戚一样勤快方便，现在被一口广东普通话的门卫拦下审讯，他只有打电话叫救命。真是一点都认不出来了——电梯把他们带到七楼，一层楼面的办公室，全部打通，像剧场，大家聚拢在办公，各就各位，感觉放个屁都能响到最后一排。明杰表示看不懂，随后就听见自己的名字在空气里响。久违的感觉呀。以前去剧场看戏，寻座位的过程，经常有人打招呼，随后他开始找，是谁？哪个方位？有时，声音迈着急促、强劲的脚步，叫他想起十九世纪的法国——据说有一趟，某个名优跑到剧场包厢抽评论家的耳光，就因为后者的一篇文章，这大概证明了中国演员素质过硬，最起码，明杰写了不少负面评论，没挨过巴掌。他们总归是笑嘻嘻的。演出公司的、剧团的、剧场的，当明杰找到声源后，就只剩寒暄一件事，带着一整套的程式。眼下，这类叫明杰尴尬的场面有了一个意外而温馨的尾注，声源是剧场主管宣传的领导，他把明杰叫到面前，问了两个必须由他回答的问题：今天怎么来了？喝不喝咖啡？随后就消失了，临走关照明杰等他。明杰的老同事消失得更加早，起码有两个原因：第一，不能影响领导和明杰的对话；第二，作为一个新人，工作形象极其重要。于是，明杰自顾自进了办公室外面的露台。这是一个堪比外滩观光酒吧的露台：好些时髦男女，在一张张大理石桌面旁围坐，喝的是咖啡可乐果汁，聊的是国情公务私事；一只鸽子停在露台外缘的绿化带，或许受了明杰的刺激，啪嗒啪嗒朝对过的公园飞去。等待是愉快的，春夏交接的午后，风是舒适的使者，明杰眺望的前方，半小时前他曾经路过。半小时后，他重新在此地出现，回身对半空的露台投去略微冗长的一瞥。他想起领导的临别赠言：

“以后常联系啊，一年请你看个一两场戏我们还是请得起的。”

明杰明白这是一句客套话，但他还是很感动，钢琴上一个小节的柔情，毫无动机可言，也会引起类似莫名其妙的反应。他感动得只会说谢谢，下意识地伸出右手。大半年后，他不带任何厌恶地回忆当时握手的状况，肌肉用力过度对骨头的反向压迫。如果不是刚刚有个胖女人盯着他看，他大概把它彻底忘记了吧。他觉得这个胖阿姨眼熟，偏偏记不起来，也就木讷地回以一个凝视。直到地铁在常熟路停靠，他才想起来，那是安福路剧场门口的黄牛，上海比较少见的本地女黄牛。他顺势回忆自己上次进剧场是什么时候。

冬天不适合看戏。看了一出污糟糟的东西，在阴风包裹的车站枯等，刺骨的流体钻头颈，撩起蓬松的头发，整个世界却不会因此清醒一点。冬天也不适合开工。厚实的衣服加重地铁的负担，是个乘客，都不会喜欢和明杰这种拖大件行李的同处。车厢环境恶化了，看书看报就成了奢侈，当然，这份工作熬到现在，他对待阅读这件事情的涵养就像地下空气的含氧，因为冬天，降到了一年的最低值。面颊发烫、偏头痛、脚骨打飘、膝盖酸……几乎每天，他都在和这些症状搏斗。人民广场一二号线的换乘通道，几根巨型柱子变成他的精神支柱，看见几个白头发，坐守着柱子旁边的垃圾桶，就好比打了一针安慰剂。远远比他辛苦，跟地铁头班车同时开工，回收上班族的报纸，捡饮料瓶子。免费的《I时代报》进了她们的摊位是销售的，更何况《体坛周报》《环球时报》这些商品。为了钞票，几个老奶奶比“黑猫”厉害，看到乘客手里有，强讨硬要，不管饮料剩多少，报纸看过没。还有一些游击队，和明杰一样没固定地盘，东捡捡，西翻翻，不是《I时代报》的目标读者，小青年随手能拿，她们需要排队，几分钟才发一张，防止重复拿。有一趟，他因为赶早去医院，发现了这一幕：胖胖的中年妇女管制老长的老年人队伍，厉声呵斥一点不守规则的老头老太。

他累极了，前所未有的孤独。车厢里、过道上，人山人海，眼熟的除了乞丐、派小广告的，就是捡破烂的。他一上车就打瞌睡，渐渐地，有了一种感觉，自己在地下的六小时不是在上班，而是上下班的路上。唯一能唤醒他的只剩别人的隐私：小姐妹吐槽公婆、下属非议上级、情侣间的呢喃……他留意别人的对话，研究他们相应的表情动作，好似在为剧本的写作田野调查。有时，他懒得走动，在陕西南路、静安寺、南京东路、徐家汇几个临近商业街的大站休息个把钟头。他喜欢那些老阿姨，手里一份透明文件夹，A4 开面的调查稿，堵截经过的小青年，无所谓对方的户籍：

“弟弟（妹妹），帮阿姨做个调查好吗？”

她们一边祈求，手一边勾搭上来，而且是发力的状态，即便你拒绝挣脱，也会被拖上一段，材质蹩脚的衣裳完全有可能拉成喇叭腔。相比较，开国语的女白领就文雅多了，调查样本仅限女青年，符合条件的，才上去搭讪，无所谓对方的长相：

“这位美女，请等一下。”

听见“等一下”，路人难免恐慌，如果不是警察查身份证，多少会想起新派的叫花子，叫你等一下，因为各种天灾人祸，三天没吃饭，讨几块钱买个面包，而且只收现金，不收面包。但是，看看她们又不像，倒像B级片的演员：睫毛可以扫地，口红粉底感觉不要钞票，粉红或天蓝的淑女装，尖头皮鞋，搭扣清爽，公文包也挺括。所以大多数被拦下的姑娘，会乖乖听下去。无非是帮化妆品、美容机构张目，假使未遂，她们就一路尾随，底限是要到QQ号码或扫一下微信。

明杰的底线是什么？他忘了。他拖着疲惫的身形，转战五、七、九这些相对人少的地铁线路。那天，顾村公园上来一个清秀小囡，半边面孔凹陷变形，虽然不至于像《黑暗骑士》的哈维·丹特那样恐怖，回头率丝毫不少。小家伙可能还有点智力问题，就近的空位不坐，一根筋地朝驾驶室的车厢跑，动作也不协调，手里一片又大又黄的树叶，比儿童乐园里的糖葫芦举得还高还开心。妈妈追得狼狈，大包小包，一边还叮咛他注意。他完全听不进去。妈妈噜苏了几句，寻了个座位喘气。等到小囡扑进驾驶室后面的单人位置，用树叶打招呼，做妈妈的啥都忘记了。这个位置，成年人一个坐了显空，两个坐了太挤，现在这对母子坐了正好。明杰先前靠着驾驶室看书，因为角度问题，整张画面就是一个漂亮小囡摇老大一片落叶，芭蕉扇一样，扇妈妈头上的汗。

"回去阿拉再捡一片好吗？"妈妈笑着问——从见到她的第一眼起，她的脸上就一直是这副融化万物的笑容。

"好的。"

明杰看不下去，转向不会开关的那边门，看窗外的广告牌，美女的胸口一点一点落下来。地铁启动了，墨墨黑的隧道彻底出卖了明杰的红眼圈，好在新的一轮广告马上来了，如果其他乘客刚巧朝向这扇门，吸引他们的只会是高科技的隧道视频。

十号线是小广告的乐园。有些外地孩子，明显未成年，报童打扮，派发一面是地铁线路图一面是旅游信息的宣传品。他们来去如风，左右开弓，座位上的瞌睡虫时常被一张飞到脸上的广告惊醒。到了老西门，多数乘客下车换八号线，也有一批人冲进这个印刷品散落一地的车厢。一个戴红领巾的男小囡，长条的空位不坐，从书包里翻出文具和书本，把座位跪成书桌，一本正经写了起来。应该是做作业吧，明杰不好意思多看。到了下站，小囡的左边坐了一个老妈妈，看西洋镜一样研究，右边是对小情侣，打打闹闹，但是小囡完全不受干扰。多少有点做作，大概有啥讲不出的苦，明杰心想，更多的是羞愧。

刚下岗的时候，明杰拟定了一个小说计划，打算写一串侦探故事，塑造一个永远在失败的形象。换句话说，这是一个难以给客户带来幸福的私家侦探，运气好的话，或许能给读者带去欢乐。截至目前，他只写了一个开头。那位复姓“诸葛”的侦探接到这样一个案子：客户在上班途中，困惑于一位女士的五官，先前在地铁里，他就觉得她眼熟。“如果没记错的话，”他这样对侦探先生陈述，“我看过她拍的 AV。”他没胆把“她”改成“你”，对当事人倾吐，只能求助侦探，彻查真相。而他能提供的线索，除了一张女优写真，就只有新天地的出站地点，早上九点零八分的案发时间。

自从决心写下去，明杰就猛下功夫在十号线活动。他正在为剧情缺乏戏剧冲突而发愁呢，就听见背后车厢的咆哮声：

“扔什么东西，扔到我头上来了，帮我停下来，册那还逃，快停下来……”

下意识地，明杰转身看热闹，转的当口，灯箱顺势回旋，绊倒了一个迈快步的。那人飞了起来，被车厢正中的栏杆截到了地上，跌跌撞撞爬起来，额头已经见红。先前开骂的中年人不响了，闷头坐好，继续打瞌睡。那个派小广告的倒霉蛋不干了，抓起明杰的领口，一顿老拳，全砸在前来支援的灯箱上。场面极其混乱，闪光灯和广告单片在半空忙碌。手机作为一件通讯工具，只剩下拍照功能了，好些乘客用这件伟大发明记录现场，有的甚至传上了社交网络。

终于，有人打了地铁热线报警。在新天地，两位当事人被特警请下了车。明杰夹着他的灯箱（从巴洛克油画升级为当代派装置），尝试犟脱：“拉什么……和我没关系……凭啥抓我？凭啥？”他越是叫，越是犟，特警抓得越是紧，越是牢。围观的，不晓得是啥情况，无辜地看着明杰，以及他那张一再别过来、扭曲的脸。

白玫瑰传动装置

我们可以说是擦肩而过。

我决定再冒一次险。兴许他会认出我来，想起在记忆的远端，有那么一个不断长高、逐渐饱满的身形，经常光顾他的柜面，然后，他可能会和我一样，停了脚步，回头张望。兴许，我们还能聊上几句。

他重新回到了我的视野。这次是一个提了购物袋的背影。那优衣库的白色纸袋，里面倒栽着一把折扇，扇柄随了脚步晃悠，却不倾倒。袋子里显然还有别的物品。

离正午还有大半个小时，烈日已经灼烤难耐。树叶纹丝不动地吱吱响，仿佛是对一场埋伏的预警，同时又是一种麻痹，犹如耳朵里插了一副正在歌唱的多单元监听设备。我假装研究公交站牌上的信息，他在我的余光里摇着折扇，时不时地，用手背擦拭额头。他瘦了，却不失魁梧。那天，我拆开新来的档案，看到照片上那个酷劲十足、头势清爽的中年男子，纳闷怎么会是老陈。某些方面来说，他倒是一点都没变：头发浓密，喷足了啫喱水，又湿又亮，统一梳向脑后；T恤衫喜欢穿黑色紧身款，突显胸肌；商务休闲裤，裤子直筒到底是一双咖啡色的乐福皮鞋。他躲在树荫底下候车，树干被一条过于夸张的铁链捆绑在一辆自行车的倚靠之下。那辆红色的自行车破旧得乏善可陈，车龙头正对着脏乱不堪的分类垃圾桶。旁边有位穿戴时髦的老阿姨，嘴唇翻来翻去，不知在嘀咕什么。老陈并不理睬她，专注于观望马路对面的拆违现场。好些民工忙得冒烟，忙着拆沿街的商铺，忙着用赭红色的砖头替废墟重塑容颜。“停业”——每堵新砌的墙上都有白色油漆刷的两个大字。

一辆597路的公交车缓缓驶入，一突气，停在了老陈的身前。我目送老陈上了车，直到车门合拢，我才不紧不慢地归位。我的违规行为就此走到了尽头。

“跟牢。”我嘱咐握着方向盘的小王，顺势坐进了副驾驶位，使劲把车门带上，戴上一副墨镜。

新的旅程开启了。你永远都猜不透它的终点或起点。吃这碗饭简直就是和上海的市容街景谈恋爱。太阳和月亮会为我作证，若不是这份工作，我不会对上海如此熟稔。

在我的学生时代，最初的志向是当一名运动员。受制于天赋，我的上限注定不会可观。就像一个筛子，有的淘汰，有的留了下来。当我意识到这个问题的残酷之时，正是我的青春叛逆期。我的学业糟透了，在体育特招生的班级这压根不算风景，只是我糟得邪门，引起了若干师生的议论。他们说，我的语文成绩即便放在普通班也是漂亮的，但是其他学科就实在太惨了。我当时确实严重偏科。我承认自己挑食，正如我喜欢看书，却只接受侦探、悬疑、间谍、武侠这些重口味的类型小说。起初，阅读纯粹就是一桩消遣，我在娱乐的过程中受了蛊惑。听音乐也是如此，在我人生最消沉的时光，它给了我许多慰藉和勇气。当年的那些卡带，随着岁月的流逝，本初的功能与价值已经消失殆尽。很长的一段日子里，我甚至没有设备给它们一个证明自己的机会。可我仍旧敬爱它们，用透明的薄膜袋封存在书房的某个阴凉干燥的抽屉里。连我自己都不相信，它们还有开口的一天。

那是几年前，我在虬江路的旧货市场偶然觅得一台上世纪八十年代原产的天龙卡座，单卡双磁头，品相簇新，机器的状态一流。我把它夹在腋下，单手托着，喜滋滋地回家。待到音响系统接通，按下播放键，磁带拖拉的嘶嘶响伴着底噪，那声音醇厚而温暖，犹如寒冬开了空调裹着羽绒被睡觉。我首先解封的是蝎子合唱团的《摇滚与柔情》，我在老陈店面买的第一盘卡带。当年，华语音乐的卡带在正规音像店的零售价是九块八毛，欧美引进版的要价比较复杂，常见的，分为十二、十三、十五元三个档次，但是，无论什么规格，在老陈的店面统一只卖两元。我现在已经记不清了，是什么原因吸引我走进现代电子城。那个市场占据现代大厦的一至四楼，离我家不足两分钟的路程，反正，那不是我的第一次光顾，却是我和老陈的初识。

纯属偶然，我发现了老陈位于二楼的鸽子间，只有两张柜台，摆满了上海音像、上海声像、中唱上海这三家公司的滞销货。多年以后，我意识到这种清理库存的模式在图书行业更为普遍，确实要比直接销毁人性化。当然，对于那些已经或即将接受正价的消费者而言，这可不是什么好消息。和谐社会，特价书的身上通常会用彩笔涂上一道，以示区别，好比古代在犯人的脸上刺字，体现在老陈卖的那些卡带，就是用锐器在它的盒体划刻两道深浅不一的伤疤。

老陈是有门路的人。传言他是行业内的，下岗在家，单位给他一个饭碗加点小菜。没有后手。偌大的上海滩，像他这样的专营，我没见过第二家。就连几大音像公司自设的门市部也不提供这种服务。这种价格，还有什么闲话好讲。没错，品种是少了一点，全是不被市场认可的内容，而且更新迟缓，但是，就冲这价格，路过了都得多望老陈几眼。他就瘫在柜台后面的藤椅上，胸口卧着一部袖珍款的无线电，脚边搁一张板凳，上面有好大一杯茶，那盛茶的容器是雀巢咖啡的广口瓶，咖啡吃完了，空瓶子当茶杯是那个年代的派头之一。

对我而言，老陈就是当年现代电子城的一种派头。别的摊主巴结、殷勤，他呢，死人不管，置身事外，躺着听广播电台推送的滑稽戏，有时，也听一点沪剧和滩簧，偶尔也哼两句。他是舍不得招待客人的。客人指着说，我要这个，要那个，他勉勉强强起身，笃悠悠拉开柜板，右手痛苦地伸进去，摸出来，升到玻璃台面上。货钱两清。他喜欢这种爽爽气气的客人，屁话没有。这种客人少见。多的是那种镂东挖西的十万个为什么：

“保尔·莫里哀有吗？”

“没的，就这点品种。”

“哦……为啥啊？”

“没为啥，就这点品种。”

“哦，就这点品种啊！”那人似乎听明白了，瞄着柜台，埋头问道：“那么卡拉扬呢？”

这时就考验老陈的心情了，心情好，多送一句：“就这点品种。”不然，两眼一抹黑。我当时很吃他这套，一半原因是柜面狭小，两三个人一挤就没法挑了，而那些一阵一阵发糯米嗲的中年男子也实在是讨厌。他们可以研究上老半天，结果连皮夹子都不肯摸。他们把两块钱看成人民广场那么大，没有心仪的目标是不可以抱着刮彩票的心态而去涉险。与之相比，我确实是一个贪小便宜的人。当时的我，早已厌倦了广播电台，厌倦了它们的样板与口水。在资源匮乏、渠道单一的前数码时代，这就意味着付出更大的代价。看书，如果说还可以求助图书馆，作为某种指南或替代，那么听音乐就只能自求多福了。于是，精神上的空虚与好奇降解了我的智商和自控力，以至于我在老陈面前，如同一个瘾君子。

达明一派、齐豫、潘越云、罗克塞、平克·佛洛依德、希妮德·奥康娜、恐惧海峡、金属乐队、比约克……很快地，我的随身听被这些名字攻陷了。我近来在网上和一些年轻乐迷互动，他们惊讶于我发的老卡带照片，比如《月之暗面》，居然早在一九九三年就出过引进版，比约克曾经也是席上嘉宾。其实，很多禁忌的声音早在香港回归之前的五年间已经介入了大陆人的娱乐。主要是通过中唱上海，通过“百代巨星系列”和“宝利金世界巨星系列”。可是，即便他们贵为巨星，即便内页上的乐评把他们吹得天花乱坠，在老陈那里，统统只是被市场淘汰的落魄形象，塑封蒙灰，身上刻了两道划痕。这些被淘汰掉的巨星，让我着迷的与其说是他们奇怪的音乐，不如说是他们在上海的奇怪命运。其中的不少名字，只是在被我长期拥有之后才变得不那么可憎。

那是一个滚雪球的过程。我逐渐建立起自己的迷你曲库，现代电子城戴好假领头、套上西装马甲，成为本城跳蚤市场里的新贵。很多人慕名而来，如何用最低的代价穿透层层叠叠的过滤网，把耳朵伸向世界，盗版CD为日后的文艺片非法普及做了表率。好些人为此发了财。老陈倒不眼红。他是一点一点、眼睁睁地目睹现代电子城的二楼如何走到了这一步。起初，只有少数几家摊位在卖盗版CD，后来，也就是小半年的光景，只有少数几家摊位不甘堕落。老陈就是那少数派中的死磕派，一个钉子户。不过话说回来，他也是既得利益者，真是没少沾光。这个市场突然化作乐友之乡，会逛二楼的十之八九是目标客户。照理说，老陈应该跟风，应该改行，可他顽固地瘫在藤椅上，木知木觉，像个中风病人，等待被谁唤醒，或者，被某种残酷的现实踹醒。

卖摇滚乐的马松涛和老陈是一对搭子。小马当时二十岁出头，在我的记忆里是一个皮衣皮裤铁链条尖头皮鞋不离身的帅小伙。长发有时披肩，有时扎成小辫，嘴里时常叼根牙签。他活脱是银幕上的角色，一度让我非常困惑，他在这个市场，到底是来练摊的？还是体验生活的？照他的讲法，卖盗版碟是因为高考失败，因为热爱音乐。他和老陈是两个极端。他喜欢和客人攀谈，打听对方在音乐上的品味。他的热情迎宾非以推销为目的，倒像是记者暗访，或者作家采风，对上海的乐迷群体做人口普查式的调研工作。难得遇到谈得来的，他必定会递上名片："想听啥，一句闲话，我总归有办法的。"他指着名片上的传呼机号码，还有他的大名："叫我小马好来，有啥事体，打我拷机。"

我见他寂寞空虚，陪他扯过几句。我低着头，CD盒缓慢、轻微、有节奏地相互触碰，溜过我的指尖，发出啪嗒、啪嗒的声响。那声响以及翻动中的唱片封面让我沉迷。我买得不多，但是翻得很勤快。

不光是价格的问题，还有盗版的粗制滥造。

小马出现在电子城的时候，盗版CD的单价已经跌至十五块。

逢了周末，整个二楼好比城隍庙的八仙桥，人贴人，挤肉饼子。卖流行、古典、发烧天碟的摊位总是肉腥气最重，同质竞争，在铺面风水的择选上大有讲究。老陈很识相，物业吹风要涨他的租金，他并不翻毛枪，乖乖撤出最热门的电动扶梯转弯口，缩到旮旯角落，和消防安全门为伍。这样也有好处，抽烟方便，铺子与安全门之间的那面墙明明是公共面积，他添置一张柜台，转租给小马。两个人相互照应，闲暇时，一道竖在半掩的安全门门口，一只脚在界内，一只脚在界外，抽烟，斗牛皮，像两个混黑道的，时下的上海语境叫“社会精英”。

也许是受了老陈的影响，还有那些类型小说，我一走进现代电子城就俨然换了一个人，异常冷峻。还喜欢偷听别人聊天，尤其是小马和老陈的对话。这后来成了我淘碟时的一大特色和乐趣。当然，我也不是绝对沉默，只要碟贩足够多，足够闲，我也会尝试打开他们的心扉，通过 B 去了解 D 的情况，或者与 H 谈一谈 K，前提是我觉得这样的行为是有意义的。至于是什么意义，要等到我进入专业的培训学校才有更深入的体会。

“老陈，我听他们讲哦，两楼有可能保不牢了，所有卖 CD 的全部要清出去。”

“我老早就讲过了，枪打出头鸟，这种生意早点晚点要出事体的。之前不弄你，现在不弄你，就太平啦？迟早是要拿你垫刀头的。”说着，老陈闷一口香烟，“不要看现在对过的服装市场多少风光，野路子呀，一样的，总有一天要出事体的，时间没到而已。”

“真要整顿的话，那真是大进攻了，整个楼面要闹翻天了。”

“有卵用啊，该跑的总归要跑的，逃不掉的。不过闲话又讲转来了，不给卖了，就真的太平啦？总归有地方的呀，上海滩那么大，还怕没地方去啊！”

“那么你已经寻好后路了啊？”

“后路？我寻啥后路啊，我卖正版磁带碍着啥人啦？”

“我倒是有新的方向了。”小马说。他花了一支烟的时间介绍时下新兴的“打口碟”，随后又给老陈点上一支，邀他去大杨浦发财。“我在同济对过的鞍山四村借了一套房子。”他说曲阜路的三兄弟、新乐路的老林都是这样，不租门面，借一套私房，一方面能住，另一方面是店铺兼仓库。他想越过这两条货源，直接到广州沿海进货，本钱不够，理想是有信得过的朋友搭把手。

那个周四的下午，我终于搞明白了“打口碟”的来源。之前，我在淮海路、复兴中路以及音乐学院门口见过这种居然是由流动摊贩兜售的进口唱片。我完全被贩子忽悠了，以为这是海关缉拿的走私货，惩戒了，害成残废。这些CD全是正版的，可惜负了重伤，放在电脑光驱或者Discman里旋转会发出巨大的噪声，部分音轨跳音卡音甚至无法播放。我头一回产生了想和老陈聊几句的冲动。内心的我，似乎已被小马俘虏，想要替他站台、背书。他们的生意我不懂，我只是本能地预感到，如果事情能成，就会有更多的音乐可供挑选。这个主意不错。可我说不出口，一说就暴露了那双耳朵，隔开两三米，一字不落地默默收听、分析。

老陈婉拒了小马。他有许多顾虑，好些说了，更多的挂在脸上。“打口碟”固然是正版的，以洋垃圾的面目入境，是废物利用，可音像制品终究是敏感的，这里面含了风险。他的人生已经足够丰富了，在安徽插队落户，好容易回到上海，混过社会，知道那是什么滋味。他总记得自己是有家室的。社会上不缺违法乱纪的人事，有的还活得很逍遥，可是老陈坚信，逍遥是暂时的，历史会在合适的时机痛下杀招。老陈要当良民，无愧于心，无愧于天地。两年后，他还在坚持这套理论，没什么好后悔的：

“小马多少精刮，这种人好搭伙的啊？不要被他弄死啊。他是懂货的，我连廿六个英文字母都识不全。搞啥百叶结啦！烂烂糊糊混口饭吃吃嘛算来。”

“问题人家现在搞大了，我噜苏这个倒不是讲你当年应该搭伙，我的感觉是应该早点改行。搞到现在还在卖磁带。你讲讲看，现在什么人还听磁带啊？现在是CD的时代了。”

“没用场的，发财也是一种命，老天爷都安排好了，有就有，没就没。”

“那也要争取的呀。”

老陈听哑巴了，不再辩驳，低头喝茶。他来王龙宝的调剂商店串门，王龙宝把他奉为上宾，搬出一套宜兴的紫砂茶具，泡了特级大红袍。刚巧店里有六七个客人在挑碟。其中某位，主职是广播电台的DJ，偶尔也在电视台的生活类节目担任主持，在上海的文艺圈似乎是一位门路畅通的人物。出于一些微妙的原因，老陈的目光一直不肯饶过他。至于我，就像排球比赛的裁判，视线在老陈和他之间来回切换，一度忘了我来此买碟的初衷。今天的我，更能理解他的灼热眼神，我说更，是因为我当时只领会了其中的一层企图，和王龙宝新到的这批“打口”的品相有关，几乎都没打到碟。本世纪初，“打口碟”渐渐摘了“打口”的帽子，出现了“原盘”（打到内页，碟无损）和“原盒”（毫发无伤）。这是老陈早先拒绝小马的时候所不曾预料的。

王龙宝递了几张未拆的“原盒”给老陈。

“要死快了，这老鬼三摆在武定路五百五十五号，再贴上一张‘中图’的粘纸，就是一百三十二块呀。”老陈说，两手微微发抖。

“我估计再下去‘中图’也好关关掉了。”王龙宝得意地说，替老陈的小茶杯里加了点黄汤。这很荒唐。老陈此后的言行与进门之时判若两人。看得出，他有些动摇了。事实上，近一两年，他的生意确实在走下坡路，那路陡峭得心惊肉跳。表面看来，这得怪现代电子城的“强拆”（他换了一种形式，又成了钉子户），更致命的，其实是音乐载体的革新。卡带的品种、发行量持续削减，大众的消费习惯把老陈淘汰出市场，正如他卖的那些音乐如何被大众的审美习惯逼至绝境。

我后来有一年多的时间没见过老陈，在这之前，我也很少再去现代电子城了。那里早就无法照亮我了，我对它的热情与眷恋被CD从二楼的撤离湮灭了。新乐路没有三十元以内的买卖，那里不是我的家。我把更多的精气神耗在相对廉价的曲阜路。我在现今是地铁曲阜路站四号口的那几栋民宅花了大把钞票。鉴于棚户区是如此阴霉、晦暗，三兄弟是如此市侩、狡诈，王龙宝就愈加让我上瘾。他的调剂商店位于徐汇与卢湾的交界，兼售古玩、钟表、家具、服装，富于老克勒的某些特质，精巧而做作，做作得很迷人。更妙的是，他其实并不懂货，却装作很懂，好似每张唱片和他都是朋友，或者即将交朋友。更绝的是，他不仅不懂货，开价之时还不认脸，平民如我，名流如一些电台DJ、常在报刊上发表文章的乐评家，全都一视同仁。这些，也都是老陈的优点。

我和老陈的重逢发生在宜康电子电器市场。这个市场徒有虚名，正如大浴场的社会职能不在洗澡，难得有谁用实名称呼它，更没什么人为了电子或者电器大老远地跑一趟。它在上海人，尤其是在外省人的嘴里通常只是大自鸣钟。这几个字后来成了黑话切口，一度取代了“打口碟”“盗版DVD”，成为某个群体文化消费的能指与所指。时至今日，这批人仍对大自鸣钟念兹在兹，如果路过西康路与宜昌路的丁字路口，仿佛总能看见一栋并不高大的雄伟建筑，那建筑分为三层，二楼直通一座石桥，那桥架在苏州河上，对岸是光复西路。

有一点，我当年一直没搞明白。大自鸣钟的二楼是如此纯洁，在这个几乎没有空铺的楼面，怎么就遇不到一点离题呢？它真的就是电子电器市场，完全的，彻底的，而在它的楼上和楼下，完全就是两个音像世界。让我同样费解的，还有老陈的某些改变。我还记得我在一楼中庭见到他时的惊讶。他的藤椅不见了，取代的是一张枣红色的太师椅；他的无线电不见了，取代的是一套二手的发烧设备，循环播放老鹰乐队选自“冰封地狱”现场的那首《加州旅馆》。仿佛洗脑，我但凡路过，总会听到吉他的炫技，或者一个中年男子的沙哑演唱：

“欢迎来到加州旅馆，多么美好的地方，多么美好的脸庞……”

和加州旅馆一样，大自鸣钟也是四个字。这四个字陪我度过的那几年间，我对老陈的了解更为深入，尽管我们一如既往地蔑视交流。我从其他渠道对他的生平、家庭有了一些认知。他的独生子就读于艺术院校，学表演的，今后想当演员。他对这个宝贝儿子寄予厚望；还有他的老婆，身体不好，病退在家——这一条是三楼的老丁告诉我的，他和老陈是市场里吃“打口”饭的罕见的上海人。

大自鸣钟的早市是最热闹的，很像文庙的鬼市。去鬼市卖书的贩子开着驮了几个麻袋的助动车，停在哪里，哪里就引来一窝蜂的光线与哄抢。鬼市的这道风景独属于漆黑的凌晨，高潮集中在周六至周日的子夜。书贩的到来毫无规律，时机错过了，也就淘不到什么好东西。在大自鸣钟，好东西的切口是尖货，特别好的冠以大尖。大自鸣钟早上八点半营业，这之前，已经有好些碟友啃着早饭在候场，等着开头箱，抢尖货。那哄抢的场面是可以见血的，因为CD盒是塑料的，有些盒子破得不巧，仓皇下手，难免被扎伤。那混乱的场面无疑是失控的，碟贩只能东张西望，争取多生几只眼睛，而人又实在太多太杂，所以失窃是大概率事件。

有一次，我难得周六休息，赶早去大自鸣钟过把瘾，就撞见了这样一幕。那个小偷与我遭遇的时候，俨然已是一具尸体了，而受害者还扬着见红的拳头，武松打虎似的不依不饶。我正想冲过去制止，被老陈抢先了。“小四子，可以了，”老陈从后面抱住魁梧的受害者，使劲拽拉，“别打了，你再打要打出人命了。”

“妈了个逼，”受害者指着小偷啐骂，都是极难听的粗口与诅咒。后来，他发现自己的拳头挂彩了，心疼地用拇指一抹，掉了一层皮。看来是下手太重，拳头与门牙正面冲突，撞破的。至于那几颗门牙，现在也不知道飞哪儿去了，它的主人正痛苦地捂着鲜血淋漓的缺口，挣扎着想要爬起。

“小许，看什么热闹啊，快拿餐巾纸。”

那个左眉上有一道刀疤的安徽人，老陈的邻铺，这时终于缓过神来，丢过来一包纸巾。有热心人从市场隔壁的可的便利店买了纱布和创可贴，还有矿泉水。老陈帮着做了简易的护理。小偷始终捂着脸。再后来，一根扫帚柄从柜台底下拨出满是灰尘、严重变形的眼镜，擦干净了，大约摸拗正，勉强戴好。谢了几声，小偷灰溜溜地从周遭的凝视之下消失了。

我始终忘不了那人离去时的背影，暗含了太多情绪。我把他的离去与大自鸣钟几年后的肃清联系到了一起。

北京奥运年的伊始，大自鸣钟成了一栋空的建筑。紧接着就是农历新春，本地的，外加一小撮没返乡的碟贩沿着上了封条的空建筑的外围做生意。这一段的宜昌路曾经有过露天菜场，历史悠久，现在，这景象倒让许多附近的居民念起了旧。春节嘛，原本就是抚今追昔的日子。我问贩子："下家找好了吗？"对方就悻悻然地答道："还在找，等过了元宵再说吧。"大过年的，谁都不愿意流露出内心的惴惴不安。

好像是三月的头上，结论定了。原本在大自鸣钟卖 DVD 的全搬进了叶家宅路的事久建材市场，卖"打口"的大部分去了西宫旁边的银宫商厦。老陈随大流。老丁则选择改行，这个老鬼三，我后来就只见过一次，是在亚新广场的附近，他开着一辆新款的小型环卫车正在替长寿路做美容。

"怎么不做了啦？"我递上一支烟，打火机也凑过去，"不去银宫陪陪老陈啊？"

"这帮安徽人实在太辣手了，弄不过他们，再做下去就要当垃圾瘪三了，还不如现在好，扫扫垃圾，吃吃大锅饭，混日脚呀。"

“你不去银宫嘛，现在市场里只剩老陈一个上海人了。”

“好像是的，”他思忖道，“老陈的压力比我大，为了他的宝货儿子，老婆嘛还生毛病，作孽啊。”

他这样一说，倒让我有点内疚，因为已经好久没在老陈手里消费了。我去银宫，统共也就只有两三回。作为一个唱片弹药库，银宫的历史太短暂。在这九个多月里，老陈的人生经历了两次重大变故，老婆没了，儿子出道了。

老陈的儿子主要是演话剧。当个话剧演员虽说发不了财，但起码有一份颇为安稳的收入，当然，这点数目寒薄得不足以对付他的开支。年轻人有年轻人的生活方式，更何况是一名演员，未来的明星。我在王龙宝的调剂商店，听他唧咕这些，不似客人，倒像是他的朋友。我也是公务繁忙，忙得不知道王龙宝也退出江湖了。

“这行难做啊，老客户该收的片子都收得差不多了，新的跟不上。现在那些小青年流行的是听 mp3，连音响都不欢喜了，烧耳机倒是烧得起劲。买副耳机几千块，眼睛都不眨一下，叫他买张唱片，难啊。人家不欢喜，有啥办法呢!”他说的时候，手里的茶杯还往嘴边凑，情绪一激动，喝茶喝呛到了，咳得厉害。他预计自己还能混几年，眼下旧货调剂的买卖也很萧条，房租厉害，和楼市一样日涨夜涨。“赛过是帮房东在打工啦，”王龙宝说，“再混几年，再混几年，我大概也要歇脚了。”

老陈还在坚持。就我认识的上海人，还在实体经营“打口”的只剩下他了。银宫企图复制大自鸣钟的成功，它做到了，连结局都是拷贝不走样。撤出银宫，老陈大概也就看明白了，不能再这样随大流，跟难民灾民、流亡的军队一样，结伴一起逃。他们要搬去事久建材市场，从头开始，他不能再和这些人一起鬼混、死磕。他要过安生日子，就得脱离大部队。老陈最后选择回现代电子城，一个人。那里虽然没有消费音乐的气候，但毕竟很稳定。回到一个熟悉而相对漂亮的环境。他选了租金偏低的三楼角落，又和消防安全门当了邻居。

光靠唱片肯定是死路。老陈学习王龙宝，搞了一些旅行箱、不粘锅、机械表，所谓的外贸货色当陪衬。他是真的有心开疆拓土，而不是像事久建材市场的碟贩，在世博期间，拿丝袜、内裤当幌子，看到熟人的眼神透露出需求，放他们进来，矮了身子暗箱操作。

建材市场的唱片交易支撑到二〇一二年年底，老陈比他们多卖了半年。现代电子城也要关了。一夜之间空降的命令。这个在上峰眼里乱哄哄、污糟糟的市场档次太低，配不上它所在的地段，扎在如此高尚的社区，简直就是一颗生锈的钉子。上有不满的领导，下有愤怒的租户，于是，物业就成了三夹板。他们也没办法，找了好些理由敷衍、安慰租户。停业的前夕，市场内外的醒目位置贴满了告示：

首先感谢各承租户及广大顾客长期以来对“现代电子城”的支持和厚爱！

现经双方友好协商，我司已与全体承租户签订了《场地租赁提前终止补偿协议》，为此，我司对各承租户的大力配合予以衷心感谢！

根据双方签订的《补偿协议》约定，全体承租户均同意提前终止双方租赁关系，并承诺于2013年6月30日搬离租赁场地……

如同告示所言，租户们得了补偿。仿佛是一场持久战，几乎整个六月，关于补偿数额的协商与争执就没消停过。无非是多赔一点，再多赔一点，就像市政动迁，赔到不愿搬的能露出尴尬的笑颜。停业是租户无法面对的。他们得抱怨，得抗争，在相熟的客人面前发泄，透露一点协商的进度、赔偿的数额，引起舆论高压。自知一切都是徒劳，还要这样办。老陈早就想好了，独立的街面房子，他负担不起。有一户卖办公文具的，找老陈合计，就近找一个，平摊合租，可是一涉及具体的费用就没有下文了。老陈认了。这是老天爷让他退休。别说附近，就是在上海市区也很难找到现代电子城的替身。这样的综合性市场，大概也只有虬江路还有几家，老西门有一家，但是无不脏乱、破败。这座国际大都市已经容不下这样的景象了。

最后的交易日，多数租户和老陈怀了相近的心思，亏本甩卖，他们也不知道下一站在哪里，或许，就此歇业，或许改行。顾客都抱着捡漏的心态过来，另一方面，过来看看，算是对过去的美好有所交代。

东西早就收拾好了。老陈看起来颇为疲乏。他把贴在安全门上的告示撕下一半，烧了拿来点烟。我没有上去和他打招呼，只是多看了他几眼。如果我没有猜错，当时的他对未来并不悲观。他的儿子已经出道了，在一些电视上看不到的电视剧里客串，在一些话剧里担当重要的配角。

赔偿金，再加上个人积蓄，老陈给儿子在宝山与闸北的交界买了一套三室两厅，留了房贷让儿子去还。老陈不再具备造血功能了。他能做的就是不给儿子找后妈，添麻烦，学着用微信节省话费，在群里组织当年一道上山下乡的插兄插妹，去农家乐度周末，打打牌，疯一疯。这样的太平日子，他只过了半年。

那是圣诞节的下午。老陈的儿子不光酒驾，撞伤了执勤的交警还在大白天上演警匪追逐的戏码。相关视频后来在电视台在网上热传，遇袭的交警面对镜头慷慨陈词："我当时也不知道他是明星，当然，即便知道了也不会影响我秉公执法。我看他违规停车，就叫他赶紧把车子开走，他说女朋友去便利店买点东西，马上就走，他说的时候总感觉哪里不对，我就要求他出示驾照，然后他就支支吾吾的……"

就这样，老陈的儿子终于成了明星。各方努力，他被塑造成了一个颇有名望的明星，有他出镜的一些电视剧片断，终于有机会在电视上亮相了。它们经过精心剪辑，汇同案犯、交警、目击群众的采访，作为娱乐新闻、社会新闻、法制新闻滚动播出。这不是他要的结果。他是有一些心虚，因为酒驾会给演艺事业留下污点，有污点的艺人是很被动的。他在警局的笔录里详细解释当时的动机。他很怕。他的朋友里就有一个名编剧，因为吸毒，日子过得非常狼狈。他说交警查他的驾照，他很怕。他想起团里新排的一个戏，他好不容易当了男一号。他就跟交警说，我还是把车开走吧，交警不准，他硬闯，于是，就有了七个月的刑期。出狱即是失业。没有任何文件或者说法要封杀他，但是也没有剧组敢用他，谁都犯不着给自己惹麻烦。看着他在社会上浪荡，老陈干着急。

去年，老陈大病了一场，动了手术。儿子日夜守着，本质上，他是个好孩子。从鬼门关出来的老陈让一些朋友看不懂。当然，他的焦虑还是可以理解的。他的忙碌总是有道理的。他做什么选择都是有道理的。天知道这半年多以来，他都经历了什么。

我们可以调查，可以揣测，动用我们的资源。

为了一网打尽，我们一直没有动老陈。现在，我可以发布信号了，让那些暗中待命的同事们汇拢过来。这件案子交由我来负责其实不是太合适。追踪的这些日子，我几乎走遍了大半个上海市区，望着街面，我的心绪时常偏离。我会想起过往的许多事情，想起过往的许多唱片店。实体书店去了又回来，无论它是否纯粹，它在回潮，但是唱片店已经从上海，从这座国际大都市彻底消失了，无论它的货源是否合法。

如今的我早已不再淘碟。我曾经设想过很多种可能，我和老陈也许会在某个场合不期而遇。我们未必会畅谈过往，但是，最起码，我可以笑着向他递一支烟，我想，最好是一句屁话都没有，我就直接走到他的眼前，向他递一支烟，而不是像现在这样，像剧情即将推进的那样，举着手枪，警告他和他的同伙，不许动。

今年的夏天酷热难挡。七月底连日高温，好几天逼近四十度。这样辛苦的追查眼看着就要结束了。老陈今天是去接头的。届时，我们强闯民宅，难免会有一场冲突，预想之中，意料之外。

两粒纽子

沙发上有人在喂奶。他竖在大堂当中，痴痴地看。奶嘴被中意混血的洋囡囡嘬出声音，奶水溢在领口胸前，滴滴答答。“喂慢点呀。”大堂小姐看不下去了，说这实在是太浪费了。阿姨一口苏北腔，讲：“不要紧，反正多得喝不完，冰箱里还有满满一大瓶呢。”另一边的沙发，阿姨是安徽人，吃惊道：“看不出嘛，她倒是蛮下奶的。”说着，转身瞄瞄大堂小姐：“不过和伊丽莎白还是没得比。”她的一双手端在胸前，好比捧了一对伊丽莎白瓜。大堂小姐格格痴笑。苏北阿姨一头糨糊，她是这栋高档住宅楼的新人，暂时接不了这个噱头。于是，他母亲就告诉苏北阿姨，伊丽莎白是以前住在十八楼F座的爱尔兰女人，讲到一半，安徽阿姨带的小法国们回了大堂，像三只飞蛾，绕着茶几转，一双双漂亮的跑鞋在地砖上溜冰，声音尖利。“你们再皮，”安徽阿姨举起手机，嚷道，“再皮，我就给你妈妈打电话。”不巧，手机还真响了，张信哲唱道："我用情付诸流水，爱比不爱可悲——"阿姨赶紧听电话。大中小两男一女，三个法国火枪手，仿佛音响断电，刹那死寂，等到电话挂断，就又发作："阿姨，我饿了——阿姨，我想吃手抓饼——阿姨，我要吃大鸡排。"流利的安徽国语，三个皮大王赛过唱和声，那句"阿姨"最销魂，他听了，转怒为笑，可还是觉得不爽，就拉母亲的袖口。"好了，好了，"母亲意识到问题的严重性，和诸位打招呼，"我们该走了。"

夏末时节，伏季休渔解除，海产丰收。菜场里的梭子蟹堆成山，叫卖不断："吃蟹来，十块一摊。"隔壁回击："吃蟹来，九块一摊。"这一摊少说两斤，他凑近多贪一眼，摊主来劲了："小伙子，吃蟹来，侬看看，这蟹多少壮。"生的蟹，没分尸劈块的蟹，他根本判断不出壮还是空。可惜母亲不在身边，他记得她的关照，现在市面上的海货都动过手脚，不会挑，少买为妙。于是，他遗憾地转到前面的鱼摊，要了一条白水鱼，活的。

结婚三年多了，母亲为他骄傲。以前连煤气都点不来的他，从搬出去第一天起就独立开火仓，说出去都没人信。母亲的朋友们，子女成家之后多数还赖着吃"老饭店"，或是烧好了送过去。连他自己也讶异，同学同事陆续组了家庭，家里的厨具基本没动过。但是，他还是心存遗憾。三年多了，他没买过一条黄鱼一条车鳊鱼一条肉鳎鱼，海蟹也只敢买活的。这几样海货是他最欢喜的家常菜，妈妈的味道，全部红烧，从小吃到现在。他老婆是本地人，大鱼大肉，家里见不到海鲜，没想到嫁给宁波人，跟着吃上了瘾。她才不管什么食品安全呢，偶尔跑菜场，会买点小黄鱼、活的海蟹清蒸。母亲听了懵掉："不新鲜的小黄鱼好蒸啊？糊塌塌有啥吃头？海蟹要吃死的，活蟹是人工养的，抗生素喂大的。"

他对着水斗清理白水鱼尸体，想起上周末在母亲家的例行会餐。母亲烧了一桌菜，梭子蟹满满一大碗，吃剩的叫夫妻俩打包。总是这样，又吃又拿，区别在于，以前母亲会特地多烧一份，现在是特地为他们烧。因为慢性病，父母这几年越来越忌口，海货新近也上了黑名单。所以，往后吃海味要靠自己了吧！类似忧虑，那晚回家路上就讨论过了，现在他面对沾血的鳞片，剥除的鱼鳃，有些新感触。假使上海人讲上海话是合法的、天经地义的，那么在爱吃的前提下，家族的味蕾也应该和姓氏一样传承。事实上，后者很难效行，比前者更难。一想到这，他走进书房，告诉妻子，打算试下红烧白水鱼。妻子笑了。别说白水鱼有无红烧的传统，就是这门技法，他也够呛。生鲜水产品进到他家，除了蛤蜊清炒，历来只有清蒸一个结局。营养好是口头上的事实，怕开油锅，不擅开油锅才是真相，这就好比如今的上海小囡只开国语，长辈迁就，老师引导，同伴默许，乡音自然不比英文值得拥有。不过，他还是硬着头皮完成了这道红烧白水鱼。出于鼓励，说得更确切点，吃现成的不愿得罪烧饭的，妻子没有挑刺。当然，真挑了，他也不敢怎样。平时，她总是打击他说上海话的积极性。他把"读者"（du zai）念成 du zhe，把"微博"（v bo）念成 weibo，很多字词在他嘴里，只是裹了上海话的腔调，而非上海话。她听了不免要纠正，他也确实在进步，总归是讲多错多，错到后头，她都懒得顶真，只是把他读错的部分重读一遍，让他自己体会。他家三代定居上海，因为生活、工作的环境差异，说上海话的机会远大于她，还说成这样，实在费解。

"接下来打算红烧点啥?"妻子问。他心里早有了方向，只是雾霾太厉害。于是，他特地回了一趟娘家，请母亲带路。母亲已经很久没在正规菜场里买海货了。她嫌贬菜场里的海货做手脚，只有小区后门的嘉善路，一只弄堂摊头，卖没发过的海鱼，价钿贵，还不是天天有、样样有。时间也有讲究，要下午三四点钟去买，人家正好进货回来，来不及加工。黄鱼涂金粉是最常用的手段，上过粉的黄鱼晶晶亮，看似新鲜。真正新鲜的黄鱼没那么登样，银里带黄，不过鳞片更加完整，摸上去扁塌塌的，不像那些浸过血水的，肉鼓鼓。血水对肉鳎鱼来讲，就像姑娘敷的面膜，还能增分量，所以，收摊以后，鱼老板暗地里会加班，各种化学物质、冰块、来路不正的血，混进摆鱼的泡沫箱。这些门槛，他听到能背出来，真到了菜场，碰到巴结的摊头，多少还是抖豁。今天他拉着母亲，好比副驾驶坐了教练，有底了，没想到光是底楼大堂就耽搁掉刻把钟。他看看时间，想到马上要来的下班高峰，回去还要烧晚饭，心里就烦。

他拉着母亲出了小区，刚巧老邻居买菜回来。"哎哟，张老师啊，从加拿大回来了啊。""是呀，上海不热了嘛就回来了，孙子大了，用不着带了。"一通搭讪，母亲看张老师提着芋艿，夸道:

“吃芋艿好，最近我也是听人家介绍，顿顿吃一只。”张老师激动了，控诉昨日买的芋艿，应该是被卖菜的浸过水，僵掉的，烧不酥。对张老师来讲，这绝对是平生第一趟中奖，真是怎么烧都烧不酥，后来研究了几只生的，剥开泥皮，才有结果。

他想不通芋艿为啥要浸水，为啥浸了就烧不酥，还能不露马脚地绊倒老驹。“小戆大，浸过水嘛分量就重了，”张老师说，“等晾干了再卖，看上去跟正常的芋艿没啥两样。但是里头已经馊气僵脱了，所以烧不酥。”讲到菜场市场日涨夜多的食品安全问题，张老师升了音调，口水也喷出来了，特别是在摸清了他和母亲的去向之后。于是，张老师缅怀起计划经济的时代。那个年代物资紧缺，凭票供应，但是东西正宗，鱼是鱼，肉是肉，菜是菜，蛋是蛋，每样东西都只是它自己。张老师觉得，当下的菜篮子工程应该由国家出面垄断，就像水电煤，或者汽油一样，有专门的供应机构，换句话讲，菜场全部国有化。“卖菜应该是一份工作，”张老师总结道，“绝对不好变成一门生意。”

这个话题相当滑稽，以至他忘了正经事。如果真有那天，他估计菜场会和超市一样明码标价，这样，他就不会被欺生的摊主斩。刚开火仓时，进菜场经常让他不爽。悬在半空的价目牌，粉笔写的价钱，如果不是应对要求的花枪，就是摊主放的屁。关键是，买卖双方认可这个游戏，怎么开价，看行情看时间，关键是看脸。他并不习惯一样一样地问价，一来问了不买，显得小气，二来，也是最主要的，他发现作为一个小青年，尤其是打扮上透出是上海人的小青年，他享受了太少的权利，承担了太多的义务。第一次独立买菜，他思忖自己应该爽气一点，千万别学那些阿姨妈妈，为了几角洋钿要绕半半六十日。他开国语问："这个花菜多少钱一斤。""小伙子，这个是有机花菜，很好吃的。"然后丢出一个塑料袋。"多少钱一斤?"还是没回音，他识相地换了个摊，以五块每斤的价格买了一棵花菜，等到菜场一圈兜回来，听见同样的品种，给老阿姨的报价是三块五。这当然只是菜场恶劣环境的一部分。他在某个民生论坛看过讨论，说菜场里看不见八零后的上海人，多数回帖归咎于菜场的环境，比起菜场更愿意去超市买菜，或者由长辈代买。他想起表妹，一个号称只要走进菜场分分秒秒要晕倒的白领，她受不了地面的龌龊，空气的味道，尤其是杀鸡杀鱼的摊点，讲起来就反呕。起初，她上大卖场买菜，后来寻着几家网站，荤素搭配，送菜到家，方便如订牛奶。碰到同学会一类的社交场合，讲起三餐问题，少数下厨的也偏向在超市或网站买菜。就他的观察，年轻人在哪里买菜，不限户口，差异纯粹是阶级或收入造成的，菜场跑得勤快的，除了美食家，主要是民工，各行各业的劳苦底层。

"照这讲法，再过几十年，如果大家去超市去网站买菜，菜场就好关门了。"讲到这里，张老师格格笑了，明显是真心恨，恨那些卖菜的，恨到一想到以后他们没生意，就提前庆祝。

他可不吃张老师这一套。他还是更喜欢逛菜场，东西新鲜。经过几年锻炼，他已经具备了某些辨别能力。他喜欢纪实频道的美食纪录片，看同龄人以美食家的身份在镜头前出入菜场，在相熟的摊位斗牛皮，拣自认为顶级的食材。他看到的是人情味，过于机械的超市和网站无法赋予的人情世故，当然，如果缺乏相应的素质，世故会变成事故。一想到这，他就拉母亲的袖口。

他们终于到了嘉善路的那条弄堂，但是并没看见水产摊头。弄堂口，一个中年男子倚在拉毛的外墙面上，抽烟。“小贾，是不是又被管了?”“阿姨你懂的，所以今天就老实点。”明摆了这两天不能正常做生意，小贾事先就没有进货，藏在楼道里的鱼蟹虾，也都是存货。母亲连带他进去挑存货的兴趣都没有，就跟他解释，到底是怎么了。他虽然心有不甘，也没有办法，辞别了母亲，赶晚高峰前的地铁。或许是空手而归，他得了动力，去“环贸”底层的城市超市买了一盒鸡蛋。这种日本独资企业特供的鸡蛋只有高档超市销售，块头虽大，吃口却比很多小巧的、所谓的草鸡蛋好。

从“环贸”南昌路的出口上来，去一号线的人特别多，主要是十号线换乘的人流，被南昌路、陕西南路口的红灯阻了脚步。有一群老外见缝插针，抢先了一步，他听见旁边的情侣讲：“你看，连老外都走了。”然后就是五颜六色的人潮，压得汽车乖乖不动，少数在揿喇叭，但是没用，很快，交通灯就变脸了。他看着周围在建的十二号线工地，竣工的“环贸”，思忖这才几年的功夫，乾坤就挪移了。他还记得，以前都是老外看中国人穿红灯，才半信半疑地学样。

隔天是周六，他被母亲的电话惊醒。电话一头哇啦哇啦，说难得在菜场里看到新鲜海货，小黄鱼、带鱼、车鳊鱼帮他各买了几斤。他气坏了，不晓得该讲什么好，哦了几声，然后就听到门铃吵。他只好挂了电话，睡衣睡裤穿到房门，接门禁电话。是送快递的，妻子网购的东西到了。他住在六楼，没有电梯，快递一如既往地央求："帮帮忙，我一车的东西，怕丢了，你能下来拿吗?"或许是心情不佳，或许是快递的理由缺乏新意，他闷声挂断电话，坐到马桶上。门铃又叫了，妻子无奈起床去接，几轮讨价还价，签收地点折中到三楼，这时，他厕所也上完了。妻子催他下来，他不肯。"我没穿内衣，叫我这副样子下去啊?"他一看，妻子的胸前多了两粒纽子，又气又笑。他自然不能责备妻子老是网购，制造麻烦，只能痛斥快递员素质差，失职渎职。在无谓的抱怨声中，他穿上拖鞋，开了门。

去提篮桥

你如果白天过来，有些风景是不会错过的。

这个小区虽然规模巨大，但只有一条主干道，两边停满了轿车，各省市的牌照，统一朝向。居民出入，一旦身后刺来灯光或是响起喇叭，就会条件反射地避让，不然车辆推进困难，这对彼此的安全都是问题。初涉此地的司机，取出小区门禁设备吐出的车卡，看见这副阵势，通常开口不是问等下要停在哪里，而是等下他该怎么出去？

“一直开，开到底就是出口。”

我们打出租，通常发生在深夜，所以不会遭遇小黑皮。小黑皮是绝对不让车子的，而且他非常冷酷地走在路中央，步伐稳健，分不清是聋子呢？还是傻子？

“聋子啊？”曾经有位司机，被怒气鼓胀到摔车门找他评理。司机越是怒斥，他越是微笑，还把手里无线电模样的播放器凑上耳边，哼唱道：

“为你打开一扇窗，请你看一看，请你望一望。”

相当一部分人拿他当神经病处理，但是，他们也有犹豫的时刻。有一次，小黑皮发现小区六十五至七十号这排房子的过道被一辆商务车堵塞了。他绕行一圈，拍着车屁股就嚷起来了，主要观点有两条：1）车子霸占主干道已经严重影响了居民生活，现在连过道都不肯放过吗？2）万一这片区的居民有点突发状况，到时候救护车肯定开不进来，出了事故谁负责？他就站在那里嚷嚷，好似一件行为艺术作品。

关于小黑皮的精神状态，和小黑皮这个绰号一样值得深究。明明是半个老头子了，还叫小黑皮。当然，会这样称呼他的，除了物业，都是老邻居。后者是从北外滩动迁过来的，一晃十年了，有些人的户口还吊在提篮桥街道。这种情况同样发生在那些十六铺的动迁户身上。曾经，他们以老南市自居，到了新世纪，升级为大黄浦，然后动迁组就浩浩荡荡地进驻了。

“哎哟喂，这种地方好住的啊？那么落乡的地方。”

最早的看房团都浸泡在流放的绝望之中。北外滩、十六铺，两支队伍互不相识，但是队形一致。他们把怒火射向小区的过于偏远，周边设施的完全空白。再多的负能量都无法阻止他们搬过来，因为相比另一处房源，这里好歹房型还可以。由此，他们的心态起了变化，常常以乡下人自嘲。我们现在还能在小区的老年人活动中感受到这些迹象，他们聊天，有一个特点，喜欢把上海挂在嘴边。

“昨日去上海了啊?”

“是呀，女儿带我去公济医院看专家。”

“公济医院不灵的，还是广慈医院好。”

那是一群颤巍巍的老灵魂，女性为主，数量逐月下降，和小黑皮一样，一整天基本都“荒”在小区里。清晨，他们在花园散步；午后，他们的叹息在花园散布；傍晚，他们在花园看小辈遛狗、跳广场舞。对于年轻人来说，尤其是住在花园周围两排房子的年轻人，这些老灵魂远比闹钟残忍。清晨五六点钟，他们吃过早饭就出来社交了。最风光的是那位打快板书的老先生，白衣长衫，一顶许文强式样的帽子。或许以前是吃开口饭的，他把花园变成了舞台和练功房，已经衰败的嗓子经过吊拉惊起一串麻雀，竹板的敲击如同咒语在空中回授。下笔至此，我们才意识到，这些具有驱魔意味的表演在今年已成绝响。在这个小区，人的味道是突然消失的，你找不到那个节点，因为大家始终处于间离的状态。新式小区的隔绝无异于把十六铺的和北外滩的捏到一起。老房子虽然拆了，固有的社区意识、交际圈子还在，房产租售加剧邻里的陌生化，于是，疏远如瘟疫一般蔓延。值得注意的是，这个小区虽然离最近的地铁站有半小时的车程，但是房型迷你精致，七十平方的两室户是主流，让那些条件有限的新上海人颇为心动，也让那些向往上海的老上海人看不惯。

“寻死啊，房子买到这种地方来。”

“你晓得这房子现在啥价钱啊？”

“啥价钱啊？”

“毛两万块一个平方呢！”

“啥？已经到两万块啦！寻死啊，两万块买这种地方。”

动迁房的过户时限是五年，房价飙升已经很多年了。

在这样的背景板下，我们可以挺起胸膛宣称，小黑皮是一个例外。通常，一个小区的凝聚力与居民绰号的数量以及恶俗程度成正比。邻里的对话如果是以门牌号码、姓氏称谓来开场，那么这个小区只能是一盘散沙。我们不了解小黑皮的门牌号码、不了解小黑皮的姓名，但是我们了解小黑皮这个人。他已经构成居民的群体记忆——那个往返急进的身形：右手一根香烟，左手一只数码播放器，用他那破锣的嗓子追赶唱响的沪剧。他比机器高明之处在于唱词的灵动。他能把迎面的熟人、关联的事迹唱成戏，应变的本事，在那些骤雨奇袭的时刻尤为凄楚。

“落雨了！落雨了！落雨了……”

“哎哟，落雨了嘛，快点去收衣裳呀。”

他唱到哪里，哪里的阳台就一片狼藉，从小区的正门一直唱到后门，唱到自己浑身汤汤滴，去门卫室借毛巾。他的男高音是那么刺耳，那么突兀，让人想起传呼电话，在上世纪，它们曾是上海弄堂乐章里最平常的和弦，如今踏着时代凯旋的音步，失去了调性。

所幸还有中老年人，赋闲在家，会成为小黑皮的知音。他尤其受到老年人的欢迎。120 号 202 的黄阿婆生前是他的粉丝之一。黄阿婆留给我们一个举着望远镜的便衣形象。三餐之余，她基本“僵”在朝南的卧室，隔着玻璃窥视这个小区。在她行动还方便的年月，小黑皮时常客串一把娘姨，帮她采购货物，比如那把军用望远镜。

“老太，我到菜场里兜过了，甘蔗有是有的，不过只有青皮的跟黑皮的。”

“要红皮的。没就算了。”

这是一位脾气怪异的女士，物质也罢，精神也罢，坚守宁缺毋滥的原则，最后把子女都得罪了。让子女尤为苦恼的是，女士乐于给山上捐功德。好些腿脚还算便利、和她差不多年纪的女性教徒，是她家客厅的常客，总是趁他们不在的时候搞募捐，带来承诺，带走钱款。这些钱是否进了个人腰包？无人知晓。四个小孩一致决定，维持轮流的探视与照顾，前提是把女士送进养老院。

“老太，甘蔗我帮你买来了。”

“咬不动了。给护工吃吧。”

“哦……对了，大家蛮想你的，托我问你，啥辰光回去？”

“啥？回去。这种地方是你想回去就好回去的啊？这种地方是直的进来，横的出去。回去？”

守灵夜，黄老太终于以照片的方式回家了。消息次日传到小黑皮那里，经过他的广播，成为小区颇具影响的秘密。老宁波对这位七十多年的女邻居评价不高，但伤感还是主导了他的双脚。

他坐在轮椅上，借助鞋跟与地面的摩擦，背道而驰，一寸一寸脱离小区。这几乎是他公共生活的全部，一来避免肌肉萎缩，二来在巡视的过程中找寻生命的意义。他从早到晚都在找寻，范围通常仅限于这个小区。偶尔，他在某些情绪的渲染下，把轮椅退到外面的世界。在大马路上，他就不敢盲退了，过马路的时候，必须站起来，扶着空轮椅过去。有时，我们会在离小区一公里远的公交车站（换乘地铁的唯一公共交通）见到他的轮椅。他刷敬老卡，坐爱心座，身边是折叠成仿佛玩具的轮椅，一站路后，他缓慢地抱着玩具下车。

在小区安装门禁系统之前，老宁波可以坐在轮椅上不带扭头地退回来，现在，这成了一种梦想。门禁的引入改变了小区人士的生活，连蛮横的快递员都向物业低头，配置电子钥匙。没有这个红色的小玩意，谁都别指望轻松地出入。于是，门卫就像某些女性用品的广告词说的那样："加倍安心，全天舒爽。"那些忘带电子钥匙的居民，因为无法出入，透过铁门以及门卫室的玻璃强烈谴责。强烈谴责的意义就是强烈谴责。最后多半是小黑皮出面，但是，他手中的电子钥匙不认陌生脸蛋。那些无法证明身份的，结局就是被小黑皮的户口调查烦到由后续的路人来解救。久而久之，小黑皮俨然成了半个门卫，他的腔调、肤色、年龄以及烟瘾无不推演着其中的逻辑。很多外来人员为这个小区有如此敬业的门卫而纠结。至于门卫室，比小区的任何地界更受到烟雾与欢笑的青睐。我们有时去那里领快递，就看见真假门卫用香烟和小区八卦互相酬唱，若非后来爆发的风波，双方也不会落得那么惆怅。

大约是去年夏天，物业酝酿增收物业费。他们派了三个老阿姨，挨门逐户，广泛听取意见。尽管增收的理由切实充分，但体现在调查册上，几乎全是反对两个字。不久，小区里刮起阵阵风浪，说物业费上涨已经内定，还说目前的这家物业严重腐败，收缴的物业费、停车费，半数以上深陷股市，保洁人员因为欠薪而怠工。居民们愤怒了，仿佛小区附近就要兴建化工厂了，而这里的环境之糟糕、楼道之脏乱本就是顽疾。于是，一片片的强烈谴责惊呆了物业。居民们甚至创建了微信群，把二维码张贴在每栋楼房的铁门上——两天后全消失了。我们在群里讨论小区的命运，厉声疾呼，成立业主委员会，改选物业。新的物业必须从多家具备专业资质的公司中诞生，改选过程必须是公正的、透明的。群众的意见实在太多，数百人的群聊无法串联，一个措辞激愤的积极分子（昵称“57号501”）要求大家像他那样改昵称，改成所住楼房的门牌号码，这样利于讨论。没有人响应。

某一天，小黑皮突然发现，物业的所有职工在他的面前仿佛一根一根棒冰，要用舌头舔、嘴去含。更糟的是，他们冻成了一个庞大的整体，他绝望地在冰库里腾挪，试图把他们搬到太阳底下。与之形成鲜明对比的，是过去这一周物业降噪行动的大胜，靠的是三张通知，张贴在每栋楼房以及小区的各种显著位置。第一张撤销了增收物业费的计划，表示要聆听居民、尊重居民。第二张驳斥了任何对物业的指控，并把小区的脏乱归结为人力费用提升导致的工人数量减少，而居民豢养宠物的数量以及各种群租恶习却在增长。第三张警告了那些幕后黑手，强调已掌握大量证据，证明此次风波是有预谋的诽谤，和外部势力的勾结破坏，如果不知悔改，那就只能法庭上见了。三大消息出台，原本枪口一致的微信群分裂成宠物和股票两大派系，后者又因为股市的过山车而消失，崩盘的阴影让很多人无力吐槽，而另一些人默默地点击了“删除并退出”。

“戇棺材过来了喏。”

“等下帮他汏汏脑子。”

门卫向小黑皮摊牌了。他们必须站在物业这边，一方面，他们本来就是物业的一部分，没理由自残，另一方面，即便物业有什么过失，永远都是老板和饭碗。换句话说，现任物业的垮台对他们没半毛钱好处。小黑皮惊呆了。他明白自己正在扮演一个完全陌生的角色。这个角色具备娴熟的新媒体技巧，而他，连智能手机都玩不转，甚至不会上网。他的解释无人采信，他急了，怂恿门卫去他家里参观。门卫拒绝了。

“真是跳进黄浦江也汏不清爽。”

“没办法，上头发声音了，叫阿拉保持距离。”

从此之后，小黑皮再没能从门卫室探听到任何有关物业的消息。小黑皮的任何莅临都赋予领导视察的威慑力，前一刻，门卫还在嬉戏，后一刻，空气都冻结了。

没有人能够举证小黑皮的清白或者罪污，也没有人多此一举。

事情过去了，过去的小黑皮回来了，他在小区里穿梭，和闲杂人士攀谈，仿佛一个侦探，后面拖着一条尾巴。起初，我们以为那是他的跟班，就像福尔摩斯与华生，后来才知道，那是物业安插的“倒钩”。这位满口苏北话的老阿姨原先是小区的保洁员，放下扫帚与拖把，从事一份轻体力的工作，这对她的健康大有裨益，却未曾受到事主的鄙夷。早先确实有些奇怪，小黑皮告诉大家，个把月也就习惯了。如今的他有一种前所未有的快感，是的，他的意思是快感，从他的谈话中我们可以下此推断。

“朋友花头浓的嘛，开始养金丝鸟了。”

“瞎讲有啥讲头啦。”

“怎么瞎说啦？如果没你，她就又要回去扫地了，现在多少好，钞票不少，工作又轻松，等于是你在养她呀。”

小黑皮笑了，没走几步，笑容被花丛淹没了。他嗅到了一丝危机。如果哪天他不再对物业构成威胁，那么，他的跟班就要回去扫地了，门卫还未必重新接纳他。一个舍不得跟班，一个舍不得这份轻松的工作，紧急会议被迫召开。当时正在轮椅上倒退的老宁波无意与闻了一切。他们似乎达成了某种战略联盟，一边，小黑皮从跟班那里获取物业的动态，然后把这些动态往某个角度歪曲，小范围地散播，另一边，跟班再把小黑皮的动态汇报给物业。这种联盟让小黑皮的生活仿佛一包彩虹糖。

“你们晓得吗？小黑皮跟这女人姘居了。”

“你刚刚晓得啊，老相好了。有天夜里，我出来倒垃圾，看见他们两个在花园里亲嘴巴。”

然后她们开始展开、开始渲染，说得好似自己是小黑皮家里的一组摄像头。花园里的欢快持续了半个小时，直到一个“新人”带来一则社会新闻。

“听说了吗？提篮桥要拆了。”

“提篮桥还没拆啊？”

“当然没拆，提篮桥怎么可能会拆？”

“要拆的，前两年就讲要拆的，我记得，我在报纸上看见过的，说要拆的。”

“那么等提篮桥拆了，那些劳改犯搬到啥地方去呢？”

“终归有地方去的。你放心好了。”

“我有啥不放心的？”

“哎哟，争啥啦？不要听网上造谣，网上的话，好相信的啊？”

“就是讲，提篮桥怎么可能会拆呢？”

她们沉默了。

“讲起来哦，从提篮桥搬过来，也有十年了。”

“是呀，一闪眼睛，十年过去了。”

“辰光过得真快。”

“啥辰光，有机会，应该回去看看。”

“也不晓得，现在变啥样子了。”

“啥辰光回去看看，趁走得动，应该再回去看看。”

“是的呀，啥辰光，再回一趟上海。”

后记

《310》是我的第二本小说。

我对这三个数字的兴致始于二〇〇六年，当时是去参加朋友的“轰派”，在食物堆里，T君说打算开一家咖啡吧，就叫“310”，身份证“310”开头的八折优惠。也许，从一开始，这就是一个玩笑，T君后来负笈海外、移民美国，他的好些行为让我费解，但是“310”作为一块招牌却一直吸引着我。我想，这种认同感在喜欢说上海话的群体里比较普遍，如果你还热爱足球，就更容易理解我。

我不敢妄称还是申花队的球迷，但是我迷足球确实和甲A之初的那支豪门有关。在足球的世界，赢球能拿三分，平球拿一分，输球一无所获，所以，310并不是一个喜闻乐见的过程。在晚高峰的地铁上，我在思考这个过程，不断有乘客涌入那节异常拥挤的车厢，310的两套价值体系由此合并，那就是这本虚构作品的灵感之源，时间是二〇一四年的初夏。我认准了这个主题，一种心理层面的倾颓。然后，我开始按照足球阵容的结构布局。我想打造一支上海球队，一个短篇小说阵列（Short Story Cycle），代表、折叠我眼中的当代上海。它由以下的关键词构成：衰老、传承、怪诞、滑稽。前两个是骨架，后两个是血肉。

体现在文本中，每个故事就是一位球员，踢的位置与其特质、叙事有关：第一人称，第一人称复数，还是第三人称，还是剧本文体？跑动距离和字数有关：一个字符意味着一米。这个工程持续了将近两年，定稿具有某种长篇小说的旨趣，除了作者，几乎没人有同感。当然，面对现在这个混剪后的新版，作者认同这是一本标准的短篇集子，如果用流行音乐来类比，是一张新歌加精选的唱片，新歌指的是《老城厢》和《白玫瑰传动装置》，精选意味着一张概念专辑经过浓缩。对于读者来说，这样的处理更容易阅读。

感谢乔晓华老师对本书的认可，还有我的责编沈大成，宽容的她允许我保留“310”这个抽象的标题。我一直觉得身为小说家的她使用那么萌的笔名和糕团有关，我很荣幸能够得到一家沪上老字号的加持，我说的不仅是沈大成，还有上海文艺出版社，像《310》这样的上海小说能在家乡的重要出版社推出是非常美好的。我现在身处北京，在一个相对封闭的环境（我在这个房间已经住了四十多天，据说还要再住两个多月）写这篇文字，这种感触尤为强烈。这是两座差异极大的城市，有的时候，我觉得自己在北京就像一个盲人。

截至到目前，我的小说还是只写当代上海，这并非是什么姿态，就像我的祖先生活在舟山群岛，都是单纯的渔民，靠海吃海，我估计他们不会种地，所以，我很享受目前的地域性审美，并对自己不了解不擅长的领域心存敬畏。

王莫之

2018 年 4 月 29 日

图书在版编目（CIP）数据

310上海异人故事/王莫之著.-上海：上海文艺出版社.2018.10

ISBN 978-7-5321-6784-5

Ⅰ.①3… Ⅱ.①王… Ⅲ.①短篇小说–小说集–中国–当代

Ⅳ.①I247.7

中国版本图书馆CIP数据核字(2018)第221402号

上海文化发展基金会资助项目

发 行 人：陈 征
责任编辑：徐晓倩
封面设计：牟文迪
封面摄影：杨晓哲

书 名：310上海异人故事
作 者：王莫之
出 版：上海世纪出版集团 上海文艺出版社
地 址：上海绍兴路7号 200020
发 行：上海文艺出版社发行中心发行
上海市绍兴路50号 200020 www.ewen.co
印 刷：常熟市华顺印刷有限公司
开 本：850×1168 1/32
印 张：6.75
插 页：2
字 数：138,000
印 次：2018年10月第1版 2018年10月第1次印刷
I S B N：978-7-5321-6784-5/I·5416
定 价：35.00元
告 读 者：如发现本书有质量问题请与印刷厂质量科联系 T：0512-52605406